风吹过 春夏秋冬

张砚春 著

浙江出版联合集团
浙江文艺出版社

目 录

春 ……………………………… 001

夏 ……………………………… 041

秋 ……………………………… 093

冬 ……………………………… 141

春

（一）

"当、当、当——当！"

我们都太熟悉这声响了，包括情景。郭校长一定是威风凛凛地站在篮球架子底下，用半截儿炉箅条子狠劲儿地敲着没尖儿的破犁铧。而那块破犁铧知痛知痒般地扭着被吊着的身子。

"下课啦——"坐我里边的四青子从眯瞪中腾地站起来，眼光竟像是一条蛇，吐着红芯子就射向了右边的李景发。可他的脚却只有壁虎的能耐。

"我的书包哇！"我不管不顾地使劲一推，才一把从土凳上救起我的花布书包。再看四青子，他的脑袋差点儿从窗户仰出去，呼嗒了一冬的马粪纸贴着四青子的头皮碎碎糟糟地被风卷走了。

教室里已经乱成了一锅粥。

李景发打声呼哨，抱着秃噜了皮的篮球跳上桌子挑衅："四年级的！有种就再出去遛遛啊——"四青子顾不上疼也顾不上和我计较，捂着后脑勺一溜烟儿地跟着李景发旋进了操场。

我松了一口气，把书包挂在没有底板的桌子边儿上，在一片嘈杂声里眼睛凑近闪着明亮的那个窗户洞。

一铺大炕似的主席台,离窗户很近。除了郭校长和有事情要向全体学生宣布的老师,是什么时候都不许人上去的。我想,大概是怕那稀有的水泥抹出来的光溜溜的台面被踩磨坏了。不远处,飞尘像链子似的旋舞着,那是操场上李景发和四青子死命地抢夺篮球踢蹬起来的细土,被春风吹过来了。

再远一点儿,树趟子已从往常的青白变成了灰绿色,树上的老鸹窝也被染得不像前些日子那么醒目的墨黑了。

天蓝得很远很远,朵朵白云好像要从天际飘进眼里。

这时,学校前方的小木桥上走过来两个人:一个男人,一个女人。

看不清他们的脸。男的仿佛是老纸牌里的幺条,可是,他身后的那个女人却一下子令我目眩起来:活脱脱就是我姥爷家窗户底下盛夏梦游的大丽花呀!柳绿的衣裳大红的头巾……可是,一块老蓝布大幕垂落一般遮挡了我要看的好戏——那是于老师的衣襟。

于老师揭去窗户上的残纸,一只瘦瘦长长的手伸过来:"揣好了!你爸来的信!"

我嗖地一把扯过信,感觉着光滑的航空信封从于老师手里过来时有些麻麻涩涩的不顺溜。

"张兰芝亲启"。

我爸让我妈亲启,我就是十万分心急又能怎么办呢?

"哎,你爸又来信啦?拆开看看呗,里头兴许给你夹毛线头绳了呢!"杨小丫还过来挠我的痒痒心儿。

"嗯——嗬！"窗外传来一声沉闷的咳嗽。我的心随之高跳了一下，不由得赶紧把信塞进书包，又安抚自己的心跌回来了一般，把书包带儿系上，再啪啪地拍两下。

周围女生们的眼光就像火盆里裹了灰的木炭，热度和光亮都暗了。杨小丫边蹭向自己的座位边说："有啥了不起的，不就是命好吗，有个在工业上的爸。可还不得我们贫下中农种出粮食来养活你们！快别在这儿待着啦！"

杨小丫的话如一股迅疾的凉风，让我的心像断线的风筝似的，飘飘悠悠地空起来，然后飞快地一路下降。哎——这里难道真的不是我永远的家？

"小燕儿！你爸是不是快要回来接你们啦？要不怎么信这么勤呢，得花多少邮费。准是和你妈商量这事呢！"许文莲圈住我的脖子，脑袋挨着我的脑袋说。

许文莲是我七爷后说的老伴儿带来的孩子，虽然只比我大五岁，却比我长着一辈儿。她说话像个大人，脸盘子和眉眼也像个整天得合计着青黄不接的一家子生活的大人。她还姓她亲爹的姓，这些年是没完没了地带一个又一个后来的弟弟妹妹，直到于老师第六次上门："再不让她念两年书，就成睁眼瞎啦！这年代大字不识一个过几年能找个啥样的婆家呀！啊？"于老师说着我七奶，许文莲在一旁边哭边颠背上的小孩儿："下辈子再咋托生，我也不上你肚子里投胎了——"于老师又去地里找我七爷，这回话是秤砣般重了："就不怕大伙儿背后戳脊梁骨，说你偏心亏待异姓闺女？"

我七爷一下子跳起来："啥？我是那样的人？！"

于老师摇摇头。

我七爷叉着腰："老胡家一辈辈的，哪有特意让女人跑出去念书的？女人就在家养活好孩子，侍弄好家得了。"

于老师不松口："许文莲要是你的亲闺女，也许没人说啥。"

"那就让那些狗肚鸡肠的小人看看！"

我七奶只好解去许文莲身上的背带。当她的手来到许文莲的胸前时，十字花扣里许文莲鼓起的胸脯的柔软，深深地碰疼了我七奶的心："文莲啊，那你就去学点儿文化？"

"等你出去了，别忘了俺们——"许文莲的好意把我的心又托了起来。

"我才不去那地方！耗子都这样——"我把两手立在桌子上，搭出一尺多长的空当，横看竖看我爸工作的四川那儿的耗子都有猫大。

"是吗？天哪！"脱去了童音的女声和着急促的"当当当"声一块儿响了起来。于老师瘦高的身子站在从窗洞射进来的近午的阳光里："三年级的，默记上节课学的诗歌；这边四年级的，现在听我讲新算术课：不等式。"

我拿起语文书，翻开：红色卫星游太空，九天同唱《东方红》……信封上的红框框、女人的红头巾，它们插进我的课文里也都开始鲜亮亮地在我的心上飘来浮去……

"你家来客啦——"邻居刘婶抱着二贵领着大芒从我家院子里出来,对捂着书包一路奔跑着的我大声地说。

"又来赶饭碗子!"我在心里嘟囔,眼见大芒手里拿着一块饽饽。

大芒一贯灵动的眉眼此时却低垂着,藏起饽饽飞快地往刘婶的身后躲去。我白了一眼这娘儿仨,踢开栅栏门跑进家去。

外屋腾腾的热气直扑人脸,小米饭的香味精准地找着了我的鼻子。啊,我有多长时间没吃过小米饭了?好像还有蒸鸡蛋羹的味儿哪!

看来是真的来客了!妈妈呀,家里最好天天来客!

"别往里屋钻啦!快帮我烧火——"我妈正准备把八分熟的小米饭盆放在大锅里再炖到十分熟。

"我先把书包放进去!"我总得先看看谁来了不是?

我一头闯进去。里屋除了我太姥和我姥爷,还真多了两个人。虽然是在缭绕而呛人的蛤蟆烟儿似的烟气里,我还是一下子就认出了那柳绿花红。她侧身坐在炕梢儿的炕沿边儿上,后背微微地挨着炕柜,既像刚刚坐下还没有坐稳,又像即将起身要走的样子。我忍不住打量她:好眼熟啊!想了又想,可在我认识的家里家外的人堆儿里,还真是绝对没有这么个人。突然,我的脑袋像是被什么东西给敲一下就敲开的核桃,里面出来了一个想要的肥仁儿:原来她很像《红灯记》里的铁梅!

我扭脸去看北墙上贴着的连幅剧照画儿,那李铁梅从画儿上走下来似的进了我的眼里,让我把她和面前的这个女人比对着:红衣裳对绿衣裳;高举的红灯对此刻摆弄在手里的红头巾;脸蛋、嘴巴、鼻子、眼睛……都挺像。可慢慢的,却是越端详越觉得不像了,而且不是长辫子和短头发的差别。真是怪!我一不留神,李铁梅就大辫儿一甩到身后,飒俐地回画上去了。顺眼儿再看画下方桌边儿上和我姥爷对坐的男人,却是没有什么好瞧的,也许四十岁也许五十岁也许六十岁。都要开春了,他戴个大棉帽子穿个旧棉大衣也就罢了,还蹬个棉乌拉!

我转回眼睛。那女人的眼睛也正好看着我,像在对我说:"我知道你是谁!"

"是吗?我叫小燕儿!"

总是坐在炕头上的我太姥,欠了一下盘得扁扁正正的腿,招手把我叫到跟前:"也叫姨!他们从我老家那边过来——"

"我有俩姨了。大姨!老姨!这个姨该怎么论着叫呢?"我小声问。

我太姥说:"我是老柴家的姑奶子,来的是我娘家堂侄儿和闺女。按辈儿排,她该是范'珍'字儿的。二十多年没来往了,要不是今儿个见着,怕是大街上走了对头碰儿也想不到还是亲戚!现今没人讲究那些个老黄历了,叫啥来着?刚才说了,我耳背心昏,听不见啥也记不住啥啦——"

我在心里飞快地掐算:太姥堂哥或堂弟的儿子才是太姥的堂侄儿,和我姥爷平辈儿,为了和我的亲姥爷区分开,应该叫个几姥爷什么的才对。

这时,几姥爷摘下棉帽子,抓着快全白了的头发说:"她叫红梅。"

"这名儿多好听啊!我老姨总唱'红岩上红梅开,千里冰霜脚下踩'呢,还有上回他们团小组轮到在咱家学习,背'梅花喜欢漫天雪,冻死苍蝇未足奇',我都听会了。"我一下子从炕头儿溜到炕梢儿,"那我管你叫梅姨好不好?"

她摸摸我的脸蛋:"小燕儿——"

"梅姨呀,你回腿坐炕上呗!我看你怪累得慌呢。"我去拉梅姨的腿。

"这老话儿怎么说的来着?打断骨头连着筋——啧啧!"我太姥叹了一口气,把笔直的身板靠在身后叠得很高的一摞被褥上。

"大姑!我爸临没的时候——唉!嘱咐的,咋的也要过来一趟,看看你们。一般情况下是来不了哇,这回啊——这丫头光是知道这边有这些亲戚,来这一趟也都认识了——"几姥爷的胳膊架在桌子上支着脑袋。

我竖起耳朵。我很爱听大人编的哄孩子的白话,更爱听大人讲的这些个那些个的真故事。无奈,我妈又在喊我:"烧火来呀——燕儿!"

"我和你一块儿烧火去。"梅姨拉住了我的手。我觉得梅姨的手很烫,像是心里有股火顺着胳膊烧到指尖儿上了似的。

我妈说:"红梅不用你,你歇着让燕儿干。走这么远的路了。"

"二姐,我不累!"梅姨蹲下,开始往灶里添柴,拉风箱。

我妈已经切了小半盆的土豆丝,还在继续切:"真没想到你们能来!"

"我爸要去长春找我姨表哥给老人迁坟,他说他早想来看你们了。"

"你表哥在长春做什么的?"

"听说是个大夫,我也是从来都没见过。"梅姨白净的脸上红彤彤的。

"小燕儿——水!"我二舅回来了。

我扔下柴草去端脸盆,转回身来见梅姨已经拿着水瓢等在水缸边上了。

"好好洗吧,把脸洗得干干净净的!咱家来客人了,可别埋了巴汰的让人家笑话您!给我长长脸啊——"我很想像许文莲似的有个大人样儿。

"嘿!我啥时候埋了巴汰过?看你这小嘴儿巴巴的可真跟个燕子差不多了。给你!"我二舅看着我的怪道样儿,边说边从后腰上解下来两小捆东西:红的甜苗梗儿和白的苦菜根儿。

红的甜苗梗儿自然是我和妹妹小莺的零嘴儿,苦菜根儿可就是全家中午的蘸酱菜了。

"二舅哇,您多弄些甜苗梗儿啊!"

"耥不上咋办?犁杖也不能拐弯儿走啊。"

"那我明天不上学了,跟您挖甜苗梗儿去!"

"嘿！你想找打呀？你妈要是为这打你我可不护着。"

"那我不给您端洗脸水了！"

"我让小莺端！"

我得意地笑起来："我妹妹够不着水缸！"

我二舅抬起水淋淋的脸瞪直细长的眼睛："是吗？"他埋头噗噜出水声，又问："家来谁啦？"

"咋的？梅姨来就有您洗脸水？还敢不用我了。"

"没姨？谁没姨呀？有姨咋就有洗脸水啦？没听说哪家姨得这么对待外甥啊。"

"二舅——话让您拧哪国去了呀！"我笑得抱着甜苗梗儿跑进屋，使劲儿推出了红梅，"喏，我说的梅姨！"

"是二哥吧？"红梅把耷拉在脸上的头发捋向耳后，她的手里拿着我二舅的粗布手巾，"擦一把吧！"

"不用不用，一会儿就干了。"我二舅看一眼红梅，说，"我历来都这样！"

"擦擦吧，春天里人最爱皴脸了！"

我二舅接过手巾，转回身去泼水。"哗——"没容我叫出声，一脚踏进院子的我老姨已经恼了："看着点儿！往哪儿泼呀这是——"难怪我老姨生气，我二舅确实把水扬得太远了。平时只低低地泼出去三五步的，这下子高高地洒到了大门口。

我赶紧跑过去拉住我老姨的袖头子："咱家来客人了！我太姥的娘家人。我叫梅姨嘛，您应该叫梅姐才是！"

"是——吗？"我老姨看见了门口的红梅，脸上的颜色没有一点儿见了远方亲戚的欢欣。

红梅过来，伸手拿下我老姨肩上的镐头："二姐说你们今天刨楂子，累吧？"

"还行。"我老姨心不在肝上似的应了一声，眼光就越过红梅的肩头踮着脚冲屋里喊："二姐——饿啦！"

两张炕桌拼成的大桌子让我的两条腿能在桌子底下伸得笔直。鸡蛋羹拌小米饭都把我吃累了，我顺势躺下来，满足地伸完懒腰，望着房顶的檩子条，还直想再拍拍滚圆的肚子。可我太姥的指掌已经先拍到了我的脑门上："起来！你还有没有个姑娘样儿了？老话讲女人不会盘腿能蹬倒了家里的饭山！新社会不能这样说我也就不这样说你了，可是里倒外斜的我到底还是过不去眼儿——"我赶紧爬起来坐直溜，正看见对面的红梅肩膀抖了一下。上饭桌时，我妈让红梅坐炕里，红梅说："我不会盘腿。"

刚撂下饭碗，几姥爷就说："我不耽搁了，走。"

"这么急！不去舅那儿看看？"

几姥爷戴帽子穿大衣："下趟吧！她先在这儿……等我……"几姥爷看一眼红梅，扒下帽耳朵。

红梅张着大眼，嘴唇包着咬紧的牙，瞬间酷似成了孤儿的李铁梅。

几姥爷说："别送。"全家人还是都在下地穿鞋。

我太姥发话道:"燕儿和红梅陪我坐会儿,不出去了。"

"大姑——"几姥爷叫着。

我太姥手背朝外手指朝下,好像没劲儿举了似的扇乎了几小下子:"有事儿记着打封信吧——"

踢里踏拉的脚步声渐渐小了。我太姥叫我:"燕儿啊,去把你妈纳的鞋底子拿过来,让你梅姨也纳纳。"

我脱鞋上炕,贴近我太姥的耳朵:"您让刚来的客人干活呀?"

"对喽——还能摸上这个门,就不是客!"太姥拿起她的两个鸽子蛋大小的红葫芦转起来,"回头把你的铺盖搬到你妈屋去。打今儿个起,红梅和我一屋了。"我瞧瞧我太姥:我怎么了我呀?就不让我在这儿了?这么大的炕,再有两个红梅也睡开了啊!

可是从我太姥灰黄的眼珠儿和满是皱纹的脸上,什么也瞧不出来。

"快拿去吧!"我太姥用葫芦敲敲炕席,我只好下地穿鞋去小西屋取我妈的针线笸箩。钢锥紫铜色的柄,亮得反折出耀眼的光线。我妈用它成年累月地做着全家人大大小小的单鞋、夹鞋、棉鞋。麻绳哧哧复哧哧的声音我实在是一点儿也不愿意听,可循声望到我妈的脸上,她却没一星半点儿的恼烦,倒好像是有一丝笑意微微地挂在嘴角,跟听着暖心窝儿的话似的。梅姨能像我妈这样爱弄线,还是会像我老姨那样宁可扛镐也不捏针呢?

我再进屋时,看到梅姨正两手杵着炕沿儿,呆呆地望着窗外。我太姥已经靠着被子仰坐着午睡了。

"梅姨——"我小声叫着,她一个激灵回过神来,看我的眼睛像饱含水汽的早晨,一阵轻风一声鸟啼都会凝成水珠儿从里面滚落出来。可是,这蒙蒙的水汽在遇到针线笸箩后就像见了阳光,一会儿就散开了。

梅姨拿起鞋底子正面反面地看了看,就犹犹豫豫地拿起了锥子。

"要不你等我妈一会儿回来问问怎么纳?"我的话还没有说完,我太姥传给我妈的老锥子就表明了自己的锋利。

"哎哟——"梅姨低而短促地叫了一声,从鞋底后拿到眼前的手指上已然鼓出了一个小血球儿。血球儿片刻就滚成了一条流过掌心的红线。她用另一只手攥住受伤的手指。

我急忙蹿上凳子,要去撕扯北墙上挂着的月历牌。因为我知道得很清楚,东屋除了我的作业本,能裹伤的只有月历牌上的纸。我的手摸到当天:1973年3月6日,龙抬头。

"下来!去抓把灶坑里的草木灰——"我太姥说完,跟着的一声叹息听起来还像是在梦里。

那晚,我罕见的就是睡不着。翻向我妈这边,看见的是我妈搂着小莺侧身躺着的后背;翻向我老姨那边,看见的是我老姨临睡觉前才洗好的一头乱发。

忽然,我停下了翻覆,因为我听见有轰隆隆的声响,像从甸子上奔往村里的牛群,越来越近。

"到这天就会打雷,真准。"我妈轻声说。

"嗯呢呗!"

原来她们也都没有睡着。

（二）

我们学校门前的小河，是南北两村自然的分界线。左右河堤上，去年新插的柳条已经皮红叶绿，长到了一人多高。河堤外的村路边，榆树鼓出了团团的树钱儿，大杨树和大柳树结着伴开始飘花飞絮。

大好的天气。可我这个愁啊！

正月十八开学那天，郭校长站在主席台上宣布："以后，每个星期一来上学的时候，记住！要给学校交一筐粪！粪多，学农田里的蓖麻长得就好！庄稼一枝花，全靠肥当家嘛！蓖麻籽油可是给咱们解放军空军的飞机使的。秋天。我们把蓖麻籽交给国家，就是支援国防！"原来给学校种蓖麻竟是这么伟大神圣！我不由得欣慰：我个小孩儿家家的也不是白吃饱！

"而且，国家也不白要我们的蓖麻籽，一斤给三毛多钱呢。在这个钱里头，我决定：今年秋天再开学时，给每个班买个新篮球！"

男生的队列像要解冻的河，噼里啪啦地开始爆冰，然后泄闸一般蹿起咆哮的水头。

"咱们咋办？咱们女生啥时候玩儿过篮球了？"杨小丫激动地跑过去拉扯许文莲，"你是班长，得说话！都一样交粪，咱们到头来啥也没有可不行！"

许文莲高高的个子站在队列的紧后头，她尖细的声音像是从鸡嗉子里挤出来的："校长——女生——都——摸不着球边儿——"

"那就一班来两个，男生一个！女生一个！"郭校长叉着腰，扬着手，更大声地说。

"那俺们抢不上篮球架子，咋办？"杨小丫喊着跑回自己的位置。

"可以在这边拍嘛——"郭校长指指主席台下，眼睛瞪向杨小丫。

雀跃和欢叫声里，我们像是又回到了刚刚过去不久的杀猪过小年儿的日子。

接下来，篮球架子南边小学校的粪堆儿开始一点点高起来了。杨小丫十分认真地站在粪堆旁替不能早到校的许文莲在每个同学的名下画杠杠："胡燕！你的算半筐——"

我很委屈："我家的筐大！"

"反正看着就是半筐！"

"我家没有小筐，要是放在别人小点儿的筐里，也是一筐。"我叽咯着。

"你说别人偷奸耍滑呀？那你下回换个小筐啊！"杨小丫对刚刚过来的几个同学说道。这几个扛着细柳条小筐的同学就看看我又看看筐，眼里充满了和筐里的牛粪马粪一样的内容。

我只好忍气吞声了。

这样下来，我已经欠了学校整整六筐粪，剩下的两周就是跑断了腿也完不成任务啊！想想算算，算算想想——我一下子软在地上，扒着筐梁哭起来。

"咋了这是？多凉！快起来——"我二舅拎着粪叉从院子出来，正好撞上我的难看。我的心被气闷得又酸又痛，勉强爬起来泣不成声地跟我二舅说了事情的原委。

"嘿！多大点儿事儿就把我们燕儿哭成这样了！走，上咱家粪堆儿撮八筐，二舅帮你送学校去！"

我抬起泪眼："咱家的粪是起猪圈的粪，还让你倒过了好几遍，和我们交的不一样。送这粪去还不让同学笑话死啊？"

我二舅说："那咱就不交了！"

"不行啊——除非我不上学了。那我愿意！"

我二舅扔了粪叉："去！跟你妈要几个饼子装书包里，咱套驴车上甸子！"

我一把抹去眼泪，转身跑回家去。

我妈数落我："你不能自己搭个伴儿去？还让你二舅耽误工！"

"没有跟我搭伴儿上甸子的嘛，他们都嫌我个小没劲走不了远道！近边哪还有什么粪好捡？谁让你不给我生哥哥姐姐的？"

"长能耐啦，还敢跟大人顶嘴了。"我妈把饼子包进干毛巾里，又在我爸给带回来的绿背壶里灌上水。

我左边背书包，右边背水壶，去拉练也不过这阵势啊！于是，我心里的憋闷一扫而光，连蹦带跳地奔到院子门口。我二舅已经把小毛驴车套好了,车上扔着两个土篮子两把粪叉。

我爬到车上,心想:最好能碰上杨小丫。可是,路过杨小丫家门口时,她家的院里院外都没有人。

"杨小丫——"我对着门口大声喊。杨小丫要是出来,我就招呼她一起去,也让她看看我是不是不爱劳动的人!

"别喊啦,一家子都上她三姨家去了。不知道吗?她三姨给大丫在她们那屯找了个婆家,今天相门户!"杨家的老邻居,关家老太太看着我二舅,说。

我二舅打了一下驴:"驾!"

我一趔趄,转头间看见梅姨跑过来。她气喘吁吁地扶着车帮:"我也去。"

我二舅回过头,说:"你还是回家吧,用不上这么多人。"

"捡完粪,我想去买邮票。"梅姨套着一件我二舅倒粪时穿的衣服。

毛驴吧嗒吧嗒地抬起蹄子。我看见老关太太的脖子伸得老长,眼睛一直瞧着我们这边。

大河滩的草甸子一派嫩绿,就像刚才路过的麦田,各村的牛群、马群和羊群都在这里放着呢。

刚进甸子不久,我就捡了元宝似的开始大呼小叫:"梅姨,这儿有一串儿牛粪——梅姨呀,马粪——一大堆!"

渐渐地,远比粪肥更吸引我的东西出现了:箭一般飞起的百灵鸟荡在不高的空中,叫声曲里拐弯的脆生,像是悬着无数个小钩子挂住了耳朵挂住了心。我仰脸撵去,它停停飞飞,飞飞停停……忽然,有只大眼贼拖着长长的尾巴钻进了洞,我撅起一根干蒿子去捅它,洞竟然深得没有底!马莲花开得一蓬一蓬的,远看像个蓝色的绣球让人想抱着。早落了花瓣的白头翁更好玩,让我忍不住去扯它那些白胡子……脚下还有一撮撮的小根蒜和野韭菜!嗯,我不能太贪玩儿喽,我要挖些回去,用这个炒土豆丝可是太好吃了,我二舅准夸我能干!

我二舅和梅姨一东一西地捡粪,他们不时把筐里的往车上倒,眼看着已经有大半车了。

这下可好了——我的心敞亮透了!于是,眼里更是不再有牛粪马粪。

傍晌午,小车已经要满了,梅姨叫我到河边。我先洗手,然后一根根地在水里漂小根蒜和野韭菜。梅姨把她穿的我二舅的衣服脱下来,按在石头上搓了一阵,晒在了一棵小树上。

就着小根蒜和野韭菜吃饼子,我一口气吃了仨。

梅姨用牙尖儿咬着野韭菜,小声说:"二哥,我去趟供销社。"

我二舅看看天:"过几天我帮你捎回来,中不?你认得路吗?"

"我想快点儿邮封信!"梅姨的眼睛望着老远的地方。

"得走一个钟头才能到。燕儿你走动了吗?"

"走动了!我还认识路。"我皮球一样从地上跳起来。

"二哥,别忘了把衣服收着。"

我二舅站起身，拍拍沾着饼子渣的手，看看不远处的小树，点点头。

梅姨走在前面，我一溜儿小跑地跟在她身后。直到走出甸子上了路，我也觉得我二舅还在看着我们俩。

"梅姨呀，你别上火，这阵子，我看你嘴唇都起好几回泡了！几姥爷，哦，就是你爹，很快就能来信了。他要是……他要是不来接你，你就一直在我家住得了。对了，最好嫁给我二舅当我的二舅母。你看我二舅多好啊——"

"可别胡说！"梅姨回手捏捏我的腮帮子。

"你不乐意呀？我二舅可是大队的民兵连长！要不是我大舅当兵走了家里没劳力，我二舅也能参上军！"我挠了一把梅姨的手背。

梅姨看着我，拉了拉我的耳朵："小燕儿，梅姨已经有对象了！"

"是——吗？那他长得咋样啊？家里都有些什么人儿啊？"我也会唠嗑了。

"长得跟少剑波似的。他家里有两个妹妹，都在内蒙古插队……"

"少剑波可没有杨子荣带劲儿！有一个小姑子都多余，还两个……"我抹弄着眼皮。知道这么个大秘密，但是心里一点儿不起劲，要不是梅姨说："咱们快走吧，到了给你买糖球儿——"我都懒得拖动一双脚跟她去了。

梅姨的脸上可是飞着好看的红霞呢，直到回来的一路上，都和晚霞映对着。

第二天,我把梅姨交给我的信塞进挂在老师办公室门口的邮箱里,也牢牢地记住了一个名字:艾卫东。

放学时,赶巧又带回了一封寄给我姥爷的信。信是从辽宁省义县来的,那是我梅姨来的地方。

"走就走吧,反正人家是来串门的。"我对自己说。

我姥爷拆开信,伸直胳膊把信纸拖出好远,看了又看。我也想趴上去看看,可是眼见着我姥爷的胳膊连手都抖起来,脸也转成了青色。

"姥爷——"我望着我姥爷。打我记事那天起,就没见过他那和善的圆脸和细长的眼睛里有过这样的怒气。

"这可恶的人!"我姥爷拿着信的右手和左手一块背在身后,倔倔地快步去了东屋。我像炮仗炸开后还没散去的硝烟,紧跟着进去,还关上了东屋的门。

"妈!庭山打信来了。这事咱可难办了——"

"给我念念吧——"我太姥直直身子,"燕儿啊,你念——"

我拿过我姥爷手里的信,唱歌似的念道:

大姑大人及兄:

全家都好吧!

我到了长春,侄儿已随医疗队去兴安盟支援牧区,不知何时回。盼念无望,只得于第三天赶回家料理这边的事。

  因事急,未能再到你们那里,万望大姑和兄原谅担待。本次去信,一来表达情况和心情,二来是想叫红梅自己回来。可是出事了,不能让红梅现在就回。

  艾卫东到底是食言了。他借着被推举上大学的由头回了天津。说到底也是怨我,他是红梅自己偷偷处的,我本以为咱这样的家庭能有个不费周章就上门的女婿也挺好。今年过年时别的知青都回家了,他和出身不好的家庭划清了界限,留下看青年点儿,红梅叫他到家里来住我也没拦着。现在结婚是说不上了。她现在回来也是没脸见人,索性丢人丢在自家,请大姑和兄看在她无娘亲也无兄弟姐妹相帮的分儿上,在你们那里给她找个人家就好!其余的事当爹的不便问,要是她不肯嫁人,定让她轻手利脚地回来。柴家两辈人对不住大姑,您大人大量,活得八十八高寿子孙孝顺四世同堂是老天有眼!

侄儿庭山叩拜

我太姥过了好一阵子才拍了一下大腿:"这支子人啊!"
"去把你梅姨叫过来吧,我问问——"我赶紧跑到了小西屋。
"梅姨!我太姥叫你过去有事。"
"啥事?"

我不知道该怎么说，只好皱着鼻子："你过去就知道了！几姥爷来信了！说，说……"

"哦，那我去了，二姐，清明节的荞麦面条一会儿我擀。"梅姨放下手里的鞋底子。

我望着梅姨苗条的身段一路走远，咚地关上门："妈呀——"

"啥事呀你，大惊小怪的——"我妈掌着鞋底举向我的脑袋。

我竹筒倒豆子一般把几姥爷信里的意思连猜带想地说了出来。我妈手里的厚鞋底子"啪嗒"一声掉在了炕上："天哪——"

晚饭不是荞麦面条了。我妈只熬了一大锅小米粥给大家喝。桌子放在了西屋，连我太姥也下炕到了西屋。我和我老姨刷碗时，我妈把热在锅底儿的一碗浓粥和两个煮鸡蛋端出来。

我老姨瞪大眼睛："干啥？还有功啦？"

我妈说："奶让的。"开门的瞬间，我看见梅姨歪在炕沿上脑袋捂着大被。

我老姨的眼睛吊吊着，嘴噘得能拴头毛驴。我看着鸡蛋也馋得抓心挠肝般难受。

天黑透了的时候，我跟着我妈、我二舅和我老姨去院门外十字路口烧纸。我二舅把他抱着的纸钱放下，说："你们烧吧，我上老关家一趟。"

"我也有事！"我老姨对着我二舅的背影说。

我妈拉住我老姨："不能都走。"

烧纸一片片打着卷，我妈递一沓纸给我老姨："你给爷烧。"

"你给爷烧吧,我给咱妈烧!"我老姨蹲下来和我妈换了地方,还随手把我妈身边的纸拿去了一些,"多给妈点儿,给爷多了他就知道打酒喝去。"

"爷早先也不总喝酒!"我妈又把纸拿回来,"后来摊的事太堵心了。奶说他解不开,直到死都解不开。爷喝了酒就睡觉,也许这样是能好过些吧!"

我老姨漫不经心地烧着,烧着烧着就抽抽搭搭地哭了起来:"妈!记得买粮食啊!多预备些,省得闹饥荒了挨饿!棉衣服做厚实点儿,别冻着。还有棉鞋——这些年多亏我二姐照顾着一家老小,我大姐在兰州逢年过节也给邮钱,家里日子过得去了,您可别惦记得睡不着觉啊……"

我老姨平时是快人快语的,这会儿却很絮叨,絮叨得我的心都要碎了。我在我妈和我老姨中间蹲下,望着那时明时暗的火堆,眼见着我没见过面的姥姥和太姥爷在心里活起来。

"二姐,给我个火——"梅姨竟是这样悄无声息地来了。

她坐在地上点着了纸,泥堆的似的就再也不动了。我妈和我过来帮她挑起就要灭了的火苗,只听得一声惊天动地的哭声:"妈啊——我活着还有啥意思啊——"我被吓得跌坐在地。

我老姨站起来厉声喝道:"快住声!"

梅姨挺起身子:"我不想活了!老妹儿——"

我老姨把手里的纸扔进火堆就去推梅姨的肩膀:"你愿活不活!"

"兰芹！"我妈大叫。

我老姨已经把梅姨推倒了："你咋随你爷呢？害人精！大老远的还来作践俺家！"

梅姨软软地瘫着，像是没了筋骨的人。

我妈又叫："兰芹！你帮我把她拉起来——快点儿！"我妈的叫声里已经有了压不住的严厉。

我老姨这才慢吞吞地过来，和我妈一起趔趔巴巴地架着梅姨往家走。我去开院子门，碰见我太姥正站在大门口。

"奶，你咋出来了？燕儿，扶太姥赶紧回屋！"

"我出来透口气儿！"我太姥说。

还没到天大亮，我就被一声炸响惊醒了，接着又是一声。我太姥抬着手杖指着仓房，我二舅和我姥爷连鞋都没顾上穿就跑过去了。

"看着奶！"我妈吩咐我老姨。

等我和我妈赶到仓房门口，看见我二舅举着红梅直溜溜的腰身，我姥爷正用镰刀在猛割套在她脖子上的绳子。

"天哪——"我和我妈一起惊叫起来。

"燕儿啊，快跑！叫你老卢太姥去——"

我披头散发地跑向前街，雷神似的敲打老卢家的门："老卢太姥啊——快出来！我梅姨上吊要死啦——您快去给她扎顾扎顾吧——"我连哭带喊地宣布了这个惊人的事件，让村子失去了往日的平静。

老卢太姥坐着卢喜辰的独轮车跑到了我家。

梅姨在一把银针下,终于悠悠地吐出了一口气儿。

"还魂了!"老卢太姥开始起针,"这么俊的闺女,啥坎儿过不去了?"

"相好的变心了,还怀了孩子。"我太姥握着我梅姨的手,说。

老卢太姥冲我太姥一乐:"真是年轻啊!"

"你这老蒯!"我太姥也瘪着少牙的嘴摇着头笑了笑,"咱俩这老干草可就剩填灶坑的份了,葱芯绿似的年月,这辈子是没有啦!"

我妈搬来小炕桌,把两大碗荞麦面条和一碗鸡蛋卤摆上:"大清早就把您请来,也没啥好吃的孝敬——"

"这好嚼谷!丫头,你来得好!在这儿,多给老东西整点儿闹腾的。要不,哪还有精神活着了!"老卢太姥拉着我太姥,"吃下这一大碗,活他个一百岁!"

我歪着腿坐在梅姨的身边,看她轻轻地动了动,眼角汩汩地淌下一道泪水。

我下地去外屋拿手巾,我妈拉住我:"燕儿啊,你今天耽误一天功课,行吗?"

我看看躺在炕上的梅姨、到处乱跑的小莺,答应道:"行呗,那我去告个假。"

"不用了。你快去把猪喂喂——"我妈在半桶刷锅水里撒半瓢糠。

等我弄得满脚泔水拎着空桶从后园子出来时，老卢太姥又坐上了独轮车。她拉着我太姥的手："治得了病，救不了命。救得了命，治不了心！老姐姐啊，你得硬硬实实的，这家子除了你，我看还真是把这姑娘交给谁都不中！"

我太姥拍着老卢太姥的手扬扬脑袋："你也得硬硬实实的！"

老卢太姥层层叠叠的眼皮耷拉下来，好像困得要睡。可是一瞬间，两个老太太又都像是给电击了似的，睁大眼睛对望着。我太姥的瘦长脸和老卢太姥的胖圆脸上，已经沾满了深深浅浅的皱纹都装不下的愁容。

我二舅对卢喜辰说："回去时慢点走，今天我给你代工。"

"那敢情好，正好还没睡足呢，五迷三道地就跑来了。哎，那个瘪犊子！在跟前儿，我把他那玩意儿拽下来当泡踩！真是可惜了，也不看看人家和咱农村人是不是一个道儿上的……"

"推车来——"老卢太姥厉声叫道。卢喜辰无精打采地抬起车把。我跟着我二舅把他们送出大门。

独轮车吱吱扭扭地填着我二舅踢里噔啷的脚步声的缝隙。老卢太姥猛地回过头，大声呵斥："你给我仰起脸，小贵文！能咋着，就当她是你的亲妹子！"

卢喜辰瞄一眼我二舅，推着车飞快地跑了。

我二舅呆呆地看着远去的小车，自言自语："我的亲妹子？我亲妹子这样败坏家风还寻死觅活的，我一巴掌拍扁她！"说时，我二舅的手掌真的像是打着了什么东西，但也被震得疼极了。他把手放在眼前,吹出一口长气。伸张的五指,就像盛开的南瓜花被严寒的风慰问了,慢慢地卷曲起来,无力地垂落下去。

我端着我妈刚熬好的米汤,放在梅姨的枕头边。

我太姥从炕头挪过来:"燕儿啊,你上学去。"

我都觉得天昏地暗了:"行吗?"

"行,去吧!"我太姥接过我手里的羹匙。

跑到学校时,已经上第二节课了。我在窗子那儿刚一探头儿,四十多个脑袋上的每双眼睛,都像无声的机关枪,齐刷刷地向我扫来。我满身是伤地跌倒在窗户根儿下,心也已经在身体里面七零八落了。

"胡燕——赶紧进来听课!"于老师满手粉笔末子,大开着教室的门。

这一天我都低着头,完全不知道于老师讲的是什么。临放学时,于老师叫住我:"胡燕,把这本书带回家去读,先让你妈看!记住了?"

我接过书:《金光大道》。崭新的封面绿得像清晨的草甸子,一轮旭日普照着新耕的沃野。

(三)

绵绵的小雨从早到晚地下着,下着……

东屋炕上,一个又一个陈陈旧旧的小布袋被卷翻着袋子口。

我太姥挨个布袋儿抓出一样又一样的种子，微闭着眼睛用手指挑选着她中意的装进葫芦。

这半个月以来，我难得有了一点儿兴奋。我抱起葫芦摇了摇，里面响起了哗哗啦啦的好声音。

"看看天儿。"我太姥指指外边。

我把脑门贴在窗玻璃上，一眼看见黄蓬蓬的圆月亮被一个大圈环着："天晴了！太姥——"

梅姨也蹭到窗前向外望去。等她回过头时，那越来越似深井里泛出的水亮一样的眼光，竟像是被夜晚传染了一般，装的全是黑暗。我的心一紧，顿时出了一身冷汗。

梅姨出事那天，我妈让我老姨过东屋来住，可我老姨紧闭着嘴巴，把脑袋摇得像拨浪鼓，我妈只得让我回了东屋。她一个劲儿地嘱咐着："你可得长点儿精神头啊——"

我揣着满腹心事抱来了行李卷儿。夜里，两只眼睛都眯不严实，左边得看着我梅姨，右边得瞄着我太姥不时抬起来看我梅姨一下的脑袋。我的日子从那天起，就像开化了的雪原，没了白皑皑的纯净的无忧无虑，而是长起了薅不出拢不清的杂草般的漫思乱想。

"把葫芦抱上，燕儿——"我太姥已经下炕了。

推开房门，迎面遇到了清清凉凉的风。

走到院子中间，我把葫芦放地上，画了一个大大的圆圈。

"你替太姥撒吧——"

"我啊？行吗？"

"行！我们家小燕儿，行着哪——"

我又抱起葫芦，把手伸进去。

这是大杏核——老天爷，保佑我们家后园子里的杏树过些日子就开出满树的花儿吧，让每朵花儿都结出杏子，夏天时金灿灿的大杏挂满枝。

这是花生——老天爷，保佑我们家后园子里树底下种的花生长得麻房子大、红幔子鲜，里面的小白胖子香又香啊。

这是苞米——老天爷，保佑我们家前后园子四边上的白八趟的穗子都像我胳膊这么长啊，挨着老刘家那边的，可别让他们先掰了去。

这是——这是高粱还是甜秆？不管是什么，老天爷，您都保佑它们长得好好的。最好让高粱也甜，甜秆也打出能煮饭吃的米！要是万一长了一棵两棵的乌米，最好先让我发现……

"燕儿——别把菇娘籽落下！虽说年年都不特意种，可是老天爷怜爱孩子呢，垄边地脚地长着，让小孩儿们甜甜嘴的东西得有啊。"

"撒上了！在葫芦底儿上也让我摸着了！呵呵——"我忍不住笑了两声，捻捻还粘在手指上的几粒儿小菇娘籽。夏天里女生最得意的事，就是成群结队地在教室房后踢毽子，嘴里一边咬着叽叽咕咕的菇娘泡，一边数着踢毽子的次数。我去年才将两样都学会，可就等着今年新菇娘下来呢。

接着，大大小小圆圆扁扁长长短短的粮食、蔬菜、瓜果的种子全都让我一颗不落地撒在了圈里。然后，我挨着我太姥的身边跪下，听我太姥曼声说道："老天爷，保佑今年是一个风调雨顺的好年景啊——家家户户有吃有喝，男男女女有穿有戴！"脑门触到湿润柔软的地面时，我的心都被这湿润柔软裹住了。裹在湿润柔软里的心在一点儿一点儿地膨胀，胀得我的胸都疼，仿佛就要生出芽儿来。

风圈越来越大，越来越淡了。圆月好像就在头顶挂着，越来越多的星星缀满天穹，笼盖着远山、村落和耳边的虫鸣。

我挽住我太姥的胳膊，靠在她瘦得有些硌人的身上："种子为什么要发芽呢？种子怎么就能发芽呢？"

"春天了，万物都这样！"

春耕大忙的时节到了。

村里六十岁以下十六岁以上的社员，都带饭出工了。学校放了七天农忙假，家家户户的大人，都把家交给了孩子。

"饭都在锅里，中午添把柴火热上就行。吃完饭，别忘了喂猪喂鸡。可别带着妹妹出去玩儿啊，家里这会儿离不开人。筐里的韭菜根要铰出来，等你姥爷回来栽……"

"妈，您都说三遍了！我早记住啦——"

"韭菜根我给你铰了几棵当样子，长短就照那几棵铰——"

"知道了——"

我妈还想嘱咐我什么,我老姨已经在门口大喊:"二姐——快点儿——大车过来了!"

我妈攥着小把锄紧跑出院子。院儿外的路上,一辆四匹马拉的大胶轮车正赶过来,车厢板上撂着装种子的大麻袋,麻袋上坐着去种地的叽叽嘎嘎的妇女们。

随着最后一挂大车走远,村子里一下子就静了。几声狗叫、几声鸡鸣、几声小孩儿的哭喊,迎接着东方渐渐白亮起来的天空。

天大亮时,我带着妹妹在门口开始铰韭菜根。

小莺屁股长尖了似的坐不下来。她先是满院子撵鸡,气得吃不到昨晚我和我太姥撒的种子的大红公鸡直着脖子竟要啄她。他们两个斗得满地鸡毛和苞米秆的碎块儿。我的嗓子都要喊哑了,可是没有听的。母鸡们啄完了地上的种子,大红公鸡失去了斗性,觉得自己占了上风的小莺丢了苞米秆,又跑到墙根儿去找漏斗样儿的小窝窝,抓小甲虫老道蚕。这时,我们家的大门被推开了。

老卢太姥挎着个包袱走进院子:"你梅姨呢?"

"在东屋,可能是纳鞋底儿呢——"

"说话没?"

"没有。"

"天天纳鞋底子?"

自从老卢太姥把梅姨扎过来,我就觉得在全村人嘴里都很神道儿的老卢太姥,和我有了一种很贴心的近便。

我点点头,没法再出声答她。我知道自己的声音已经被没流出来的眼泪淹得咸咸涩涩的不能听了。

老卢太姥摸摸我的脑袋:"看这可怜见儿的呀——"她挪着胖重的身子向房门走去,我连忙跑过去给她开门,希望她用包袱里的针再给梅姨扎扎,把梅姨扎回到原来的好看模样。

"太姥啊——来人啦!"

"看着了——去拿你姥爷的烟笸箩!"

"不抽!猜我见着谁了?"老卢太姥一边上炕,一边说。

"谁呢?"我太姥握住老卢太姥的手。

老卢太姥的眼光像外面的日头,照着慢慢悠悠有气无力地拉着麻绳的梅姨:"红梅她妈!"

"红梅她妈?"

"红梅她妈,给我托梦了——"老卢太姥的眼光这时就像锥子,向梅姨猛烈尖利地攮过去。

我梅姨的身子一抖,手里的鞋底儿无声地落在了她的怀里。

"燕儿啊,看着小莺去——"我太姥把我打发出来。

我跑到墙角,拉起满手土的妹妹:"小莺!你想看戏不?"

"想!"

"刚才来的老卢家的太姥姥就会唱戏,正要给梅姨唱呢!你想看不?"

"想看!"小莺把手上的土在兜兜的前大襟上蹭掉。

"可咱俩只能在门缝里看。那是不让小孩儿看的戏,你千万不能出声啊,要是被太姥听见,咱俩就得被攮走,太姥要是生气告诉了咱妈，咱俩说不定还得挨顿打——"

小莺这回很懂事："那我不出声！"

为了不弄出动静，我背着小莺一步一步地踮着脚进门，到了东屋门口才把她放下。

屋里，梅姨在轻声地抽泣，还有一个陌生的女人操着和我太姥差不多的口音在说话："我的闺女啊，你当妈不想你呀？妈是日日夜夜都想啊！可我能叫你过来吗？不能啊！妈在这边有你姥爷姥娘和好几个姨照应着，啥也不缺，过得挺好！你要是来了，你爸可咋办？他命里无子，你又是闺女又是儿，你不养他老，他可指望谁去？"

梅姨呜呜咽咽地说："没指望的——"

"你和那人好，你爸是一点儿没拦挡，我看得清清楚楚。咱家那点儿好吃的，你合着都给那人吃了，你爸从来没有半点儿不乐意吧？他是打心眼儿里巴望你这辈子过得好啊！闺女，也不是那人不待见你了，我在这里看得真真亮亮的。你俩本是两条船上的人，他遭难落水了，你把他搭救到了自个儿的船上。可命里注定你们渡不到一起去！"

梅姨哭着："他说的，他要扎根农村——"

"根啊？我的傻孩子！你肚子里的孩子，不就是他的根吗？那不是根还是啥呢？记住，千万记住啊！生他的时候在他的右肩膀上使劲地咬一口！将来，母子相认，父子团圆，要凭的就是这块伤疤啊——我——我——"女人泣不成声了。

我的袖子也已被眼泪湿透。

"妈呀——妈！您别惦记了啊——"梅姨的哭喊穿出门来，我和小莺一起被这惊天动地的哭喊撞倒在门外。

小莺咧开嘴。我连忙从地上爬起来，一手捂住小莺的嘴巴，一手揉着她的后脑勺，负伤的残兵一般离开了外屋。

那天，太阳落山时，大地上耕种了一天的人们筋疲力尽地回到了村里。我妈和我老姨从院子外面抱了柴火回来，准备做饭。

我跑出去拉住我妈的衣角："我梅姨把高粱米饭煮好了，菜是干豆角炖土豆，还上前街老李家豆腐房换了三块豆腐回来！"

"是吗？"

"咋想明白的？"我老姨看看我妈。

"管咋的，过来了就好。"我妈长长地出了口气。

"因为老卢太姥来了。"我说。

"她又跳大神？"我老姨有些生气地问。

"没跳大神！但是，请来了我梅姨她妈，把她给说得哇哇地哭，娘儿俩一块哭了小半天！"我对我妈和我老姨说。

我老姨脸色沉沉的："小燕儿，你别参加迷信活动！还红小兵呢，什么红小兵？以后也不许学你太姥的封建思想！昨晚我要不是太累，就出去把你们那套给踩个稀巴烂了。哦，求天拜地，不干活天上能掉馅饼还是地上能冒馒头？真是的——"

我有些气短，讪讪搭搭地想说话，可最终咽了下去没有说。

直到吃完晚饭刷完碗，看着我老姨的脸色不再发阴，才憋不住告诉她："我今儿下午还帮你忙了呢！四青子上咱家来借细箩，对我说，他哥大青子要去公社学开拖拉机，明天一早走，还问你有事没。我替你回了——没事！"

我老姨看看外面黑咕隆咚的天，回头狠狠地白了我一眼："你个巴巴的小欠嘴儿啊！真是烦死个人啦你！"

我看着我老姨急赤白脸的样儿，心一酸："太姥——我老姨骂我，呜呜——"

梅姨过来哄我："小燕儿不哭，你老姨逗你玩儿呢！她——"

"她什么她？把你自己管好得了。"我老姨气鼓鼓地扔下手里的抹布。

梅姨捡起抹布，挂在墙上。一直看着我老姨跑出家门没影了，才把我领回了屋里。梅姨的手指又有了往日的热乎。

我惊叹老卢太姥的神奇，给我太姥端洗脚水时，看着我太姥尖尖的小脚，就问："老卢太姥怎么是大脚呢？"

我太姥用她巴掌大的小水瓢慢慢地往脚上撩水："她是满族哇，满族女人不裹脚。她家祖祖辈辈儿还是萨满，做萨满的女人咋能小脚呢？"

"什么是萨满啊？"

我太姥看看我，说："这我可讲不太明白了。"

世上还有我太姥讲不明白的事？

"甭眨巴眼睛了，会有你明白这事儿的那一天！"

我把旧布铺开，我太姥把脚放在旧布上擦水，梅姨出去倒水。我帮我太姥穿上白布袜子，看见她的腮边挂着笑。

"太姥！您笑啥呢？"

我太姥呵呵地说道："我二十三岁出阁那天，可见了你太姥爷的庐山真面目！揭我盖头时，他脸上的小麻子红得赛过我的袄裙，哪里是泰安药房掌柜的模样啊！"

"难看啊？"

"我说他难看了吗？"

"听您的话，好像不是难看的意思，可也不像是夸人呢！我太姥爷要是现在也还活着，就好了。"

随着门响，我太姥说："今天犯困，我先睡下了。"

"哎，太姥——"

"哪天咱再唠吧。陈芝麻烂谷子的事儿，除了你，咱家可是没人爱听了！"我太姥拍拍她高高的方枕头。

"大姑奶！打这儿以后我天天伺候您，替我爷赎罪！"我太姥的枕头边上，是跪在炕前的我梅姨的脑袋。

我太姥支起身子："听你爹说啥了？"

"我爷让他手下的兵去抢了泰安药房，还放枪打伤了我大姑爷。我大姑爷死时，都不闭眼睛！"

"人啊，生死不知是不是真有定数。你爷他们那么死守，也没守住锦州城啊！弄得我呀，转眼之间家破人亡。心里不恨？恨哪！所以没回义县老家，是因为那里也打仗，更不愿意见你们那支子人！那年我六十四啦，眼看着一大家子人生计无着，经管了好几十年的药房七零八落。我老儿子背着我，来这里投奔叔伯弟弟，我们娘儿们那是怎么熬过来的？啧啧！没法说了。一路走来，半道上没了我大儿子全家五口和老儿子的两个小子。说得也是呢，要是那会儿没出那事儿，指不定也会在解放军围城的时候都饿死，打仗的时候都打死呢！"我太姥摇着头，"人这一辈子，哪容易呀？三穷三富过到老，说的就是这意思吧。到了这儿，除了要吃饭的嘴就赤条条的啥也没有了。真是穷了！人家按盲流给咱定了贫农的成分，我那个没脸哟！"

"大姑奶！现在贫农是好成分。我爷买来的那些地他让我大爷管，我大爷家就是地主了。我爹没得过我爷的地，但念书是我爷给钱，成分就是上中农。我虽说都没见过我爷的面，入团申请都比别人多写了好些遍，也不批——"我梅姨小声说。

"说得是呢，你都没见过那鬼东西，替他赎哪门子的罪？"我太姥摸着我梅姨的头发，"这头发真好，油光水滑的！我要是有福，这会儿子就多得你点儿济吧！你咋说也是我娘家的人啊，我还有事托付你呢——"

我太姥把细长的白色发辫捋在身后："话挺长，赶明儿慢慢说。春天的夜也短了。"

春夜里，此时的梅姨这边，一点儿声音也没有。她静静地睡着，像是刚刚合上垄的田地，含着满是念想的种子。我太姥那边，却总有无尽的动静。她像冬天的辽阔原野，落叶的树枝发黄的草叶，上面都有漫天的风吹雪飘。

屋檐下的麻燕子已经从南边回来了,它们忙忙叨叨地飞进飞出,急急地修好了往年的旧巢,准备着再孵一窝小麻燕儿。该睡觉的时候它们也没有消停,不时地扑扑棱棱着,还传来几声叽叽喳喳。

我把脸扣在枕头上,本想让自己今晚做个可心可意的梦,可麻燕子竟捣乱。一夜的梦里,都是从巨大的燕子窝里往下跳,跳得两腿又酸又痛。早上醒来,我让我太姥给解解。她笑着说:"你在夜里长个儿呢!"

我把手按在心口。对一个比一年级小豆包还矮的三年级女生来说,还有什么能比长个儿更让我高兴的呢?

夏

（一）

放学时，刚走上小桥，杨小丫一把拉住了我身后的书包带儿，又转身伸开胳膊拦住了其他同学："咱们去看看蓖麻出来了没有哇？都种下去六七天了——"

我立时想起了一周前，把蓖麻籽一粒儿一粒儿地按进土腩，满眼都是小篮球的那种心情。

"真是的，看看去——"回河南村这一道上的七八个人说着，就奔向了学校的蓖麻地。我还一溜儿小跑在许文莲身边，生怕被她们给落下。

黑黝黝的土地铺排着齐整整的田垄，从眼前向远处延展着，像是用我们的小手抬着巨大的梳子给大地梳理出来的刚刚洗过的一头长发，还流溢着夕阳的余晖。

远处有小河哗哗的水声传来，更显得眼前田野的安静，安静得我们都能听见自己的心跳了。

"没动静！"杨小丫望着田地，垂下脑袋。

"咱们太心急了！带油的东西不好出苗，所有的种子里，就数蓖麻油性大。"许文莲说。

可是，可是收回目光的一瞬间，我看见脚下有块儿指甲大的土坷垃是那么触目。它像是被顶着被推着被撬着，闪出了它原有的位置，歪歪着。

"你们看，这儿——"顺着我的手指，一声声欢叫像米花一样噼噼啪啪地爆开了。然后，只两天的工夫，满地的蓖麻就都伸出了翠绿的叶子。

学校里，五十多岁的门老师是民办教师。他教小孩的本事十里八村的老百姓都特别认可，所以他也从来只教一、二年级的学生。也许他还是学校三个老师一个校长里最懂农活的，所以每次劳动都是他布置人手，讲干活要领。

今天，我们要给蓖麻间苗除草。门老师把女生排在前面，把带了锄头的男生排在后头。他蹲在垄沟里指着一地蓖麻："间苗：第一，留在田畴中间的；第二，挑壮实的留；第三，要留的两棵苗之间，距离得一拃远。拿你们的手量，就是一拃半远。"

门老师站起来看看最前排的我："你就两拃吧。小胡燕，你是不是挑食啊？"

"我不！"

"那三年了，我咋看你没怎么长个子呢？"

"我太姥说我晚长。"

说话间，女生们已经兔子似的，一蹿一蹿地拱出了好远。她们一个个手起苗落，地表上弱苗横陈。

"地当间去，这段我间。"门老师指指前面。

我顺着垄沟使劲地跑啊,头上的羊角辫也使劲地摇晃。

"停下吧——停下吧——"直到后面响起一片喊声。

"哼,这下——我可当不了拉巴丢儿了!"可是,等掉头间第二根垄时,我还是差点儿就被撵上了。只站起来直直酸痛的腰杆,就看见许文莲和老师一样,两手开弓快得像是机器。我要是再慢些,后面的锄头就得搂到我的脚跟。

"快!快!快!就当后面上来了《地道战》里抢粮的鬼子!"我对自己说。再抬头时,可算到了地边儿,正好看见郭校长领着一个人走过来,他高扬着手:"歇气儿——老师和三年级的都过来!"

郭校长指指身边的人:"郎老师,从、从上边来的。这是于老师,这是门老师,教五年级的图老师去公社看病,明天回来。"

于老师和门老师都拍去手上的土和郎老师握手:"欢迎你!"

我们二十来个三年级的学生呼啦一下子围过来,并且,包围圈还越来越小。

于老师说:"门老师教了他们两年,我教他们快一年了。这茬学生很好。"

我们互相看看,心里挺美:得于老师表扬可太难了,更何况是当着新老师的面表扬了所有的人!

郎老师比于老师矮,比郭校长高;比于老师胖,比郭校长瘦。年纪嘛,肯定比门老师小,但也看不准是三十出头还是四十挂零。

他的烤烟色框的眼镜在白白的方脸上很显眼,很显眼。这是我看到过的第一个戴眼镜的人。我盯着他的眼镜:"怎么姓也这么奇!这么个姓!姓狗也比姓狼好哇!"

于老师指指许文莲:"她是班长。这个班有她在,老师能省不少心。"

许文莲低着头,红着脸,手里抱着装着蓖麻苗的衣服包。

郎老师拿起几棵已经发蔫的小苗:"你为什么把它们包起来了?"

郎老师说"为什么"不说"为啥",声音像是从广播里出来的。

"想带回家喂猪。"许文莲小声答话。

"蓖麻幼苗含有蓖麻素,猪吃了会中毒的。所以,不要往家里带了。"

许文莲和我们一起望着郎老师。

"不过蓖麻籽的毒性更大,蓖麻幼苗的毒性会小一些。"郎老师继续说。

"蓖麻籽有毒,蓖麻苗就也有毒?"许文莲小声问道。

"是这样的。"郎老师镜片后的眼睛眯细着。

许文莲兜起衣服,把蓖麻苗倒在了田里:"谁让你长得不是地方呢?连喂猪的用项都没有了——"

许文莲轻声的叹息顺着我的耳朵,滑到了心里。世上的活物,有哪个能知道自己冒头之处,是不是对的地方呢?

下午放学到家,院子里大芒、二贵和小莺正撒着欢疯玩,一片灰瓦被踢得像耗子似的到处鼠窜。

梅姨和刘婶坐在小板凳上，面对面地择着韭菜。

"这么早就放学啦？"刘婶问。

"今天没上课，劳动啦。"我跑进屋，想告诉我太姥，学校新来了个郎老师。可是，家里空荡荡的。

我又跑出来问梅姨："我太姥呢？"

"哦，今天立夏，让老柴舅爷家的哥哥给接过去了，吃晚饭时回来。你姥爷割了头刀韭菜，咱们晚饭烙韭菜盒子。"

看我东张西望的样子，梅姨又说："家里人趁今天队上歇工都铲自留地去了，也快回来了。"

头刀韭菜的味道太浓了，满院子都是它特殊的香辣气息。我拿起一把韭菜，掐个叶子放进嘴里。

"别吃多了啊，生吃烧心！"梅姨从我手里拿回去一绺。

"哎，你想吃辣的不？"刘婶看着梅姨。

"不想。"

"一点儿不想？"

"不想。"

"那准是个小子！"刘婶的眼光落在梅姨的肚子上。

梅姨攥着韭菜，把手放在了膝盖上。我停住了嘴，眼光转到梅姨的身后看着刘婶。刘婶瞅瞅我，知道我不会跟小莺他们玩去了，就咬着牙慢慢说道："你可得记住喽，就是不能怀着孩子嫁。我走的道儿你都看见了，这样嫁的，人是靠不上的，家也是没有底儿的。到头来，你想好好过都不成，过不起来呀。你不想过了，也不行，有那两个拴着哪——"

我一下子明白了，为啥村里的小孩骂架都骂大芒和二贵是小刘王八。

刘婶的眼里这会儿全是眼泪，眼光投出去看着大芒那边。她的样子就像我太姥帮我收藏起来的小人书里画的古代女人：一张鸭蛋脸上长着细细弯弯的眉毛、圆圆黑黑的眼睛、精精巧巧的鼻子、肥肥嘟嘟的小嘴。可是，我平时见到的刘婶常常是一脸贱贱的皮笑，不招人待见。

"这回，你的心就得硬起来！要不然，将来你和这个都有遭不完的罪！就你这么薄的脸皮，怕是吐口唾沫都能淹了你。可别傻了！你说我当时有多傻吧，他说他能带我上县剧团，我就信，还等着能披红挂绿地上台演戏，把户口也迁进县城……"

"我没贪图这些。他要扎根农村干革命，我乐意伴着他。他出身不好，和家里划清界限了，等于没了亲人，我也是，除了爹什么人也没有……"

"怪不得的。为了自己不受屈，能不要爹妈的人，也就能为了自己的好处，不要你呀。咱俩都是傻子，我当时没明白，他说要我不要他媳妇了，我还高兴得直跳。现在我明白了，可是什么都晚了……那时候，我亲妈都恨我，恨不得一巴掌把我推出去！"刘婶用袖子抹把眼睛，"不说了。"她转身抓起一把韭菜，"我也烙几个盒子吃。走啦——大芒！咱们家去吧——"

梅姨从小凳子上站起来，蓝色罩衣下的肚腹微微鼓着。她的手搭在那里，眼睛望着刚刚出门的刘家娘儿仨。

"梅姨，我太姥不愿让我老姨跟刘婶唠嗑。因为，因为——"

梅姨没有吱声。

"她懒，家里连个院子都不垒，靠着咱家这边有面墙，那几面就敞着，全村都找不到第二家。"我说。

梅姨也没吱声。

"她馋，哪家做了好吃的，她一准能闻到味儿，就领着大芒抱着二贵地去了，人家不好意思，就给大芒和二贵吃点儿。"

梅姨还是没有吱声。

"她还偷东西！"

"她偷什么了？"这回梅姨轻声地问。

"村里人说，她偷人。可我倒是没听说谁家的人口丢了。"这确实是我心里的一个疑问。

梅姨重重地坐回板凳上，微低着头，大颗大颗的眼泪从睫毛上滴落，就像是屋檐下化开了的冰凌。

这些吧嗒吧嗒的眼泪滴得我的心都要穿了。"梅姨，你别哭了！"我只会干巴巴地这样说了一遍又一遍。

晚上，趁梅姨刷碗的工夫，我悄悄告诉我太姥："我梅姨不愿意这样嫁！"

"咱家有谁说让她这会儿嫁人了吗？"我太姥大声地问我，好像是我耳朵背一样。我连忙摇头。

"这样的事,主意她自己拿。我几下寻摸着,终究不得有着落吗?一片榆树钱儿着落在阴沟还是沃土,那是风说了算。人着落在哪,啥说了算呢?谁愿意去个不好的地方呢?所以有挣命一说。一块儿挣吧!"我太姥说完这话,就靠在了被子上,一个晚上也没再出声。

厚被子实在是盖不住了,我把胳膊腿都撂出来。我太姥翻个身,把我的胳膊腿又塞进被子。我太姥的手凉哇哇的,触到身上,就像初冬的雪花落在了额头。

早先,学校西边有一间大房子,是叮叮当当的铁匠铺。后来,连马掌都有现成的了,铁匠铺前就真是门前冷落鞍马稀了。现在,大队要把它给我们学校用。

郭校长领着郎老师和我们三年级的到了铁匠铺跟前:"中间打个隔壁墙,这边给郎老师当住处,那边当教室。许文莲呢?噢,许文莲啊,你领着同学收拾吧。明天让你大来给干一天瓦匠活儿,学校出两块钱。"

郎老师的眉头皱得快成了我们刚刚学到的半球形。

"知道了。"许文莲看看郭校长,又看看郎老师。

郭校长背着手要走,郎老师一步跨出去,挡在郭校长前面:"校长,这能上课吗?什么都没有?"

"能。你不是要回去取东西吗?我们等你一周后来上课!"郭校长拍拍郎老师的肩。

许文莲招呼同学："带铁锹的分两组。这组，进屋起马粪。起完了就去铲门前的，还得把屋地垫平拍实，门前的这个水坑也填上。那组，去河边挖土，要挖够垫屋地和脱坯、搭炕、搭火墙的一大堆才行。带土篮子的同学，这边装了粪土倒学校粪堆那儿，然后跑几步去河沿上抬土回来。"

郎老师一步三回头地和郭校长走了。

我吃完午饭到校时，许文莲正担着一副水桶，水桶里装着要和在泥里的麻捣。

"胡燕，你下午给李景发和陈四青撒麻捣，他俩在这儿和泥。"

我甩着抬土撸得满是血泡的两只手："你真好！小姑！"

许文莲满脸通红："快别叫！"看看四下近处无人，她才松了口气，担起水桶去了河边。

李景发和陈四青在土堆中间扒了个大坑，许文莲把水倒进坑里，我撒上一些麻捣后，李景发和陈四青就用铁锹使劲搅拌，河土成了一团一团的河泥，被滚下了土堆。

放学前，所有的人都来踩河泥。只有踩过的河泥才能变熟，才能脱出不弯不裂的好坯来。

河泥细滑得像是泥鳅，哧溜溜地在脚下钻来钻去。麻捣就像河里的水草，不时刮一下脚心，麻痒痒的。一会儿有人在泥堆里歪倒，一会儿又有人在泥堆里歪倒。后来我们只好搭起肩膀围成三四层圈圈，一块踩泥。

泥浆先是沾上了卷起的裤脚，然后蹿上了衣襟，最后就蹦得满头满脸。我忽然想起女娲造人的故事："我太姥说，女娲就是拿这样的河泥做了好些个泥人，像天女散花一样把泥人从九天撒到地上，泥人就成了大活人了。后来呢，她实在是做不过来了，就用树枝甩打我们脚下这样的泥堆，天上好像下起了泥巴雨，泥点子纷纷落地——这些泥点子啊，也成人了，但比先做的那些有头有脸的，傻！"

一片叽叽咕咕的声音里，我的两只胳膊吊在同学的肩膀上，晃晃悠悠地讲着，语气像极了我太姥，讲得铁匠铺前鸦雀无声。

郎老师提前一天回来了。他背着行李，左手提着柳条箱，右手提着网兜，已经走在了小桥上。

许文莲扔下怀里抱着的几个树疙瘩，拨拉拨拉头发帘儿，喊大家："快出来——站队！"

队伍没有往日齐整：大部分男生还在树趟子里刨树疙瘩捡干枝呢，留下刷黑板的大个李景发弄得脸上跟鬼画符似的。他旗杆子一样站在前头，两手黑得和刷黑板的锅底灰一个色，还攥着团成一球的破布。跟着排下来的女生也没好到哪儿去，这几天的活把大家忙累得灰头土脸，有的还几天都不梳小辫了。

许文莲叹口气："还是各忙各的吧！"说完，又抱起那些树疙瘩。

"我接郎老师去呀？"我请示许文莲。

"那我也去！"杨小丫说。

"去吧。"许文莲把一个树疙瘩扔进炕洞子。

这时，郎老师已经快到铁匠铺跟前了。

"郎老师，我七爷是最好的木匠，瓦匠活儿也最好。他给你搭的炕可好烧了！我们都快把炕烧干了，你要是明天回来，都能糊上！"

"黑板还是我妈给献的水泥抹的呢！"杨小丫总想压我一头。我前几天才知道她大姐跟我二舅好，因为她妈要求男方倒插门，我二舅不同意，两人弄掰了。

我俩跟着郎老师跑进铁匠铺。郎老师掂掂背上的行李，环视着："你们，真行——"

地上平平整整的，墙上刷了白灰，黑板已经刷到第三遍了，房顶昨天也压了泥。三纵五横的泥凳子垒得像倒下的扁担那么直，泥腿儿的桌子也搪上了从原来教室搬来的板子。就是还没有窗户，门用柳条栅子替着呢。

到了住的这边，郎老师摘下了眼镜。

许文莲揉着衣角："炕还没干透，我紧着烧——"

我七爷真是能工巧匠，他把隔开教室和住处的墙砌成了火墙，火墙连着的是一铺窄炕，又够郎老师一个人住，屋里还显得宽敞。靠南的炕头垒了土台可以放东西，靠北的炕尾垒了锅灶可以烧水做饭。

郎老师放下行李，又戴上眼镜。他推开半人高的柳条栅子门："好！好！好！采菊东篱下，悠然见南山——"

我没听懂郎老师的话。

"他说的啥意思呀?"我拉拉许文莲的衣角。

"觉得咱们这里好,愿意在这里的意思。"

"是吗?你咋知道是这意思呢?"

"昨天,我大没要咱学校的钱!郭校长说郎老师是从北京的大学里来的,上这儿教咱孩子文化,我大说他不能让我这个班长在同学跟前抬不起头。"许文莲指指自己的鼻子尖,然后使劲地攥了攥我的手。

"是吗?"我一下子声音老高。

"他被戴了右派帽子,原来在劳改队,郭校长上公社要老师,公社就把他从劳改队要出来了。在这里,心情应该比在劳改队好吧!"

"那是!可他咋当右派呢?'地富反坏右'都不是好东西!"

许文莲的脸色开始变得苍白。

我说了大错话!许文莲的亲爸就是在什么地方当了右派后跳井死的。如果,她的亲爸没当右派,她的亲爸就不会跳井而死;如果,她的亲爸没死,她妈就不会带她改嫁,眼下她也就不会这么难过了。

我不知道怎样才能补救自己的过失,就拼命地摇她的胳膊:"小姑,小姑——我再也不说'地富反坏右'都是坏东西了,再也不说啦!"

她啪啪地拍了两下我的手背,一阵疼痛让我松开了她的胳膊,转头之间,看见满脸水珠的郎老师就站在门口。

逆着光线，我一下子看不见郎老师的脸，回头之际，却看见珠子一样的眼泪纷纷滚下许文莲的脸颊。

（二）

怎么形容我这盼望着的心情呢？真是无法形容！

李景发说："我等这一天，等三年了！"他捏起大拇指和小拇指，直着的三根指头在鼻子尖前抖着，"老天爷！可算是没白等！今年要是不开呀，我也许一辈子都赶不上参加一次'六一'运动会了！"全公社三年才办一次的运动会，不知为啥有的年头啥也不说就不办了。

他拔着双脚在桌凳间到处乱跳，郎老师也没说他，只是慢慢地言语了一句："那你为什么不去念中学呢？公社中学每年都开运动会。我们学校的学生去公社继续念书的，可像黑绵羊那么少啊！"

李景发跳到郎老师跟前："能年年跑运动会？那是太好了！可念那么多书有什么用项？你说——"

"李景发——你给我回坐！"许文莲尖细的嗓音像一把挠子，劈头盖脸地把李景发抓回了后排座。

"六一"前一天，河南、河北两个队派出了四挂大车，把小学校三年级以上的六十多名师生送到了公社。

我和许文莲、杨小丫被安置在一户姓季的人家住。那家的奶奶收了我们带去的粮食："哟，样样数数的还真全乎！"杨小丫拿出黄的、白的苞米面，许文莲拿过来高粱米，还有一捆干葫芦丝。

出发前，郭校长讲话："纪律说完，再说吃住的事。咱们去三天，按每人每天两斤粮食给派驻的人家。别都带大苞米楂子！不够给人家费柴火的——"于是，我跟我妈要了小米。

"不可以给苞米——"我白白杨小丫。

杨小丫捅我一下："我们家没有别的。"

"你——"

许文莲拉住我俩："咱们出去看看吧！"

跟着许文莲出了季家，我转眼就没了不快。公社这儿可真好！路宽，住家多，连小学校都是瓦房。碰见供销社进去一看，里面的东西比我们那儿供销社里的东西多多了。贴身兜里我太姥给我的两毛钱立刻生出了脚。

"一毛钱糖球！"我急得差点儿折进装糖球的大箱子。

"给你吃！小姑——"我把圆锥状的纸包举在许文莲眼前。

"你留着吃吧！"许文莲拧着眉头看我，眼睛瞟了瞟柜台上的布。

我被冷落得把纸包又举到杨小丫面前："给你也吃——"

"我要个绿色的！哈，我还要个红的——我一样色的挑一个，行不？"杨小丫开始挑拣。

"不行！她得给小莺留一半。"许文莲按上了纸包。

杨小丫把拿到的糖球放在嘴里："不愿意拉倒！别哪天的求

着我吃，我还不乐意了呢。"

"咱们出去吧。"许文莲看看我，"别乱花钱！"

"那我再买一支铅笔行吗？"有一支像绿绸子那样光亮的中华铅笔，是我梦里的内容啊！

"麻秆的不行吗？一样写字儿。"

"麻秆的爱断，写出来的字儿黑，还不好看。"

"赖的哪是地方？"许文莲叹口气，说。我又跑回柜台，拿出刚才破开的两毛钱里剩下的一毛，索性还把找回来的五分钱又要了三根麻秆铅笔和一块橡皮，心满意足地出了供销社。

怪不得李景发比盼过年还盼"六一"运动会。他跑得鞋子都不要了，赤脚大仙似的来来回回地飞奔在跑道上，郎老师还写了表扬他的诗，广播喇叭一会儿念一遍一会儿念一遍的："他像飞鹿，在属于他的这个季节——"

有一项新增的比赛叫背伤员，三年级这边的女生里，郎老师叫过我和许文莲："最佳组合，去吧。"

可是，到了检录处，我俩被检录的老师拉了出来："哪个学校的？"

不一会儿，就听广播喇叭开始叫："沿河小学的郭德明校长，请到检录处来一趟！沿河小学的郭德明校长，请到检录处来一趟！"

郭校长后面跟着郎老师气喘吁吁地跑了来："啥事？"

"她俩是你们学校的？"

郭校长看看我和许文莲："是啊！咋啦？"

"这，这，几年级的都是？"检录处的老师指指许文莲，又指指我。

"三年级的呀！"

许文莲的脸唰地红了："我不跑了。"

郎老师拦住她："虽然从年龄上讲，你应该上初中二年级，可事实上，你就是小学三年级的。没错，你没错，最起码不是你的错！"

郭校长拍着胸脯，指着那个老师的鼻子："你怎么长的心眼儿？你怎么寻思的？唵？"

"去吧去吧。"那个老师像把我俩从队伍里薅出来一样又推了回去。

一条白带子勒上了我的脑门——我是伤员了。许文莲背起我。

一声枪响过后，我的耳朵里满是纷乱的叫喊。跑到半路，许文莲放下我："快算！"我抽出砖头压着的纸条——一道豆腐题：一块豆腐十厘米见方，三块豆腐的体积是几分米？老王家一顿饭吃的豆腐得三寸见方的三块，这三块豆腐够他们家吃一顿的吗？

简单得出乎意料！我抓起油笔写上：三，正正好。

我俩要到终点时，后面的人才跑起来。

这边的裁判老师拿着我的字条笑道："看来你倒真是三年级的！小脑袋瓜还挺冲——"我和许文莲得第一的奖品是：每人一块香皂。

这块香皂的风头立刻盖过了李景发的一把铅笔、橡皮和田字格本。它光光滑滑的鸭蛋青色的纸上印着鲜红的"新吉林"三个字,我大声地念着上面的语录:"自力更生,艰苦奋斗"!

临回来的前一天中午,许文莲问我和杨小丫:"你俩去供销社不?"

"我没钱了!"但我马上就觉得该去,"去看一眼也好过干闲着,我去!"

杨小丫还没消气儿,只从鼻子里哼出一声。

"那我把香皂借你闻味儿,可以了吧?"我很怕别人不搭理我。

"哼!不稀罕!"

"咱们走,让她在这儿鼓气!"许文莲拉着我出了门。还没走出多远,就听见杨小丫在后面喊:"等等我!你们两个小打锣鬼儿——"

"多像她妈——"许文莲笑着拉我跑起来,我们仨又脚前脚后地进了供销社。

供销社里人挺多。许文莲拿出五分钱买了一袋蓝染料和三片化钢笔水的药片。然后,来到放布的柜台。

"咋卖啊?"她指着一种花布。

"三毛六一尺,布票要半尺。扯吗?"戴着大套袖的女卖货员说。

"这个呢?"她又指了指旁边的细白布。

"两毛一尺,也是要半尺布票。"

"你帮我算算。我大给我两块钱,让我买六尺布做衣裳。"许文莲用另一只手拉拉我,小声说。

"钱不够,还差一毛六呢。"我真是着急,"你咋不多要两毛啊?"

"那买四尺,做个短袖的,再买两尺白布呢?"

"那够!还剩一毛六。"

"扯吧!剩下的钱买八盒火柴。"看许文莲的这个劲儿,我才觉得自己真是个不懂事的小孩儿。

好在杨小丫也不比我强,她可着好几天没舍得花的两毛钱,买了一袋雪花膏:"这回不用偷着抹我姐的了!"

回家的一路比来时还高兴,因为到家的第二天就是端午节,队里学校全放假。

我在我二舅赶的大车上,靠着他厚实实的脊背,摊手摊脚地坐着:"二舅啊,咱家包黄米粽子啦?"

"包了!"

"搁红豆啦?"

"搁啦!"

"我妈给我预备五彩线啦?"

"这个,可没看着!"

"那你割来艾蒿啦?"

"明天一早割去!"

"别忘了喊我去!"

"中！嘚——驾——"我二舅甩出了一个炮仗一样的响鞭，大车更快地跑了起来。

我得意极了，把手做成望远镜搭在眼睛上。近在咫尺的杨小丫可是很不高兴地瞪着我呢，我转过了她嘟嘟着的嘴。车后梢的许文莲像是被太阳晃着了脸，眯着眼睛定定地瞅着一个地方，顺着她的目光，我的两眼聚焦到了一个人的身上，那是郎老师。郎老师仰着脸，厚实的嘴唇微微地张着，像是在闻麦子的香气，又像是在等着天上落下雨露。看天，天上晴空万里，再看地，地上除了绿就是黄。黄的是一个成色的麦田，而绿，可是绿得千差万别。田里的绿是浅绿，甸子上的绿是深绿，树上的绿是深深的绿。这分了层次的绿相互交错，不同层次的绿中，又有难画难描的差别。

我放下酸酸的胳膊："蜡笔的颜色可太少了！"

第二天，许文莲来找我妈："九嫂，求你帮我裁件衣裳。"

"哟，文莲！走，咱们上那屋！小燕你接着我这个头儿，学着编——"我妈放下手里的艾蒿辫子，领着许文莲去了小西屋。

"我才不编呢，我不怕蚊子！"我想去看我妈给许文莲量体裁衣。

"那是你怕不怕的事吗？快编！"

"等一会儿，跟我去趟学校啊——"许文莲朝我眨眨眼。我梅姨拉着我："来，我教你——"我只好坐下来。

"这个文莲啊，长得可真周正！就是眉眼上带着凄苦气！"我太姥坐在开着窗户、照着太阳的炕上，说。

"哪有？"梅姨摇摇头。

"就是啊，没有！"我丢下艾蒿。我是真坐不住。

西屋里，我妈已经开始下剪子了。许文莲端着《金光大道》在翻。

"这是于老师的书。于老师让我拿过来给我妈看的。"我跳过来说。

我妈停下手里的剪子。

"嫂子！你现在觉得是我九哥好，还是于老师好？"许文莲合上书，"我大以前和我妈说，要不是和我九哥订了婚，你说不定就和于老师是一家子了，于老师也真是哪样都不错的人啊。"

我妈紧铰了几下子："我和你九哥，是两家老人看着好，早早给定下的。和于老师是一道上了三年中学，心里都知道除了同学，没别的缘分了。"

我心里一阵别扭：这样的事，我咋就不知道呢？

"唉！我这辈子，别想有个能给书看的男同学了！"这时，我从许文莲的眼里还真是看到了我太姥说的"凄苦"。

"文莲啊，等你到岁数了，胡家的嫂子们都能睁大了眼睛，给你寻摸好婆家——"

"还有我呢！你们别忘了我呀——"

"你可咋整，我的小祖宗！说傻不傻说精不精的！"我妈拍我一巴掌，许文莲在一旁笑。

"你们快去学校吧！"我妈把裁好的衣料卷起来，用一根布条扎好，放进许文莲的书包里。

学校里静静的。许文莲拉着我："我去给郎老师送样东西。"

"啥东西？"

"窗帘。还不知哪天能安上门窗呢，晚上住人的屋子窗户大敞四开的，不好！"

"就是！还是你有眼力见儿——"我抱着许文莲的胳膊，倚着她走向郎老师住的地方。

隔着空洞洞的窗口，许文莲把窗帘放在土桌子上，随即又从书包里拿出两颗小钉子和卷成小圈的细铁丝。

窗帘像轻云后面的天色一样是淡淡的蓝，毛边已经纤上了，上端留了一条穿铁丝的宽缝。我清楚这是许文莲花了心思做的一件事：为了这块窗帘布，她的衣裳少了两只袖子。一件能穿三季的衣裳只能夏天穿了。

和尚一般坐在炕上的郎老师搁下书，摘下眼镜："过去的时光已然回不来了，但谁说快跑不能让你赶上梦想呢？"他拿起身边的一本厚书放在窗台上，"每周加两课。"

许文莲看也没看地抱着书，转身跑了。

"郎老师，您说的话我咋听不懂啊？"我张皇地看看跑开的许文莲，又看看郎老师白里带着青灰色的脸。

"你还小，暂时不懂没关系。"

这是怎么回事？我跑去赶上许文莲："你懂——不懂——"

许文莲把那本厚书递给我。老黄瓜色的硬皮，上面有一行字：现代汉语词典。词典里夹着几张红色的横格信纸，信纸上开头的中间写着两个大字：劝学。下一行是稍小一些的正楷字：

君子曰：学不可以已。青，取之于蓝，而青于蓝；冰，水为之，而寒于水。木直中绳，輮以为轮，其曲中规。……

这些古怪的话语底下写的，才是我能看明白的意思：

君子说：学习是不可以停止的。靛青是从蓝草里提取的，可是比蓝草的颜色更深；冰是水凝结而成的，却比水要寒冷。木材直得可以符合拉直的墨线，用燦的工艺把它弯曲成车轮，那么木材的宽度就合乎圆的标准了。……

信纸的最下面，是三个小字：背下来。
"跟我就伴学呀？"
"不认识的字太多了！"
"郎老师这不是都借给我词典了吗？"许文莲的眼里闪着火苗似的跳跃的光亮。
"那、那我还能有工夫玩儿了吗？"我望着许文莲和厚厚的词典，"中国字原来有这么多！哪年月能认全啊？"
"看来，这世上真没人和我是一条道儿的！"许文莲抱着词典蹲在地上,手指在地上划拉着。

我真是畏惧那么厚的书,还有那些稀奇古怪的话。

"行了!不难为你了!"许文莲把信纸夹在词典里,把词典装进了书包。

我舒了一口气:"小姑!你还和我好吧?"

"和你好!"许文莲拉起我的手,"和谁都别说窗帘的事!"

"为啥不说?做好事了——"

"我瞒着家里做的。"

我点点头。想她趁我七爷这几天不在家,才敢又缝又染的,心里一下子难过起来。

小桥下面的水清亮亮的能看见石头,不知是谁家的几只鸭子在里面翻腾。

"咱俩坐河边,就把那个背出来再回家吧。"我指指书包。

"这还差不多。"

河堤上的柳条已经浓密得钻进人去就看不见影子了。郎老师信纸上的字句,也像柳条茬子似的硬硬地扎在我的记忆里,直到过了夏秋和冬天,才在又一个春天发芽。

许文莲的鼻子尖上渗着细密的汗珠,她小米里挑虫子似的在词典里找着我俩头一回遇见的字。可算是都注上音了,但一念起来那个别嘴劲儿,让我俩都忍不住笑起来。

笑了一会儿,许文莲指着信纸说:"你看郎老师给解的词,理上是没一点儿含糊的,都对极了!我就照这做,明年,就不跟你一班了，我上五年级去！"

"我也去！"

"那你快背吧！"

"君子曰：学不可以已。青，取之于蓝，而青于蓝；冰，水为之，而寒于水。木直中绳，輮以为轮，其曲中规。虽有槁暴，不复挺者，輮使之然也。故木受绳则直，金就砺则利，君子博学而日参省乎己，则知明而行无过矣……吾尝终日而思矣，不如须臾之所学也；吾尝跂而望矣，不如登高之博见也。"

好像很顺溜呀，像小河淌水。

许文莲坐在地上抱着膝盖，该我拿着信纸看她来背了。

"登高而招，臂非加长也，而见者远；顺风而呼，声非加疾也，而闻者彰。假舆马者，非利足也，而致千里；假舟楫者，非能水也，而绝江河。君子生非异也，善假于物也。"

"积土成山，风雨兴焉；积水成渊，蛟龙生焉；积善成德，而神明自得，圣心备焉。故不积跬步，无以至千里；不积小流，无以成江海。骐骥一跃，不能十步；驽马十驾，功在不舍。锲而舍之，朽木不折；锲而不舍，金石可镂。蚓无爪牙之利，筋骨之强，上食埃土，下饮黄泉，用心一也。蟹六跪而二螯，非蛇鳝之穴无可寄托者，用心躁也……小燕，我觉得他像我爸！"

"谁？像谁？"

许文莲一下子咬住了嘴唇。

芒种到了!

眼看着麦田一片金黄。人们此刻既怕黑天更怕下雨,恨不得太阳时刻高悬在天上。

我二舅已经豁在麦子地里三天没回家了,傍晚我老姨回来时,将三把镰刀往地上一扔:"快磨好!我二哥等着用呢!"

"他在哪呢?"我妈赶紧给我老姨盛饭。

"场院。往场院拉麦子呢,然后打场,夜战了。"我老姨连小西屋也没回,扒拉几口饭就上了东屋炕和衣躺下了。

我太姥给她垫上枕头:"到嘴的粮食,哪粒儿是容易来的!哎,还是大脚好啊。"

这时,老卢太姥来了。她趴在我太姥的耳朵上大声地说:"找到了!让明儿个去!是个猎户。"

"怪不得的,不知道农家正在捋劲的时候。"

"还是我自己去吧。"眼看着我梅姨的肚子已经挺起来了。

"不中!"

"那让小燕儿跟我一起去。"梅姨拉住我的手,那手上有股很湿的热。

"她太小。"

"我跟去!"老卢太姥说。

"老的老,小的小哇。走动了吗?"我太姥往腿下盘了盘自己的小脚。

"让贵文套车拉我们娘儿仨去,也得有个哥哥给她出头!"我太姥很少有地犯了难。

过了好一会儿，我太姥才叫我："燕儿，让你妈把小莺抱这屋来。"

我跑去西屋："妈——"

我妈正在磨镰刀，她头也没抬："告诉你太姥，我一会儿就过去。"

我太姥叫醒我老姨："兰芹——"

我老姨一副蒙瞪瞪的睡眼："干啥？"

"去和你二姐把你二哥换回来，他明天得出门。"

我老姨揉着眼睛看着屋里人，脑袋随即就耷拉在胸前。

老卢太姥拍着她的肩头："看把人困乏的！醒醒吧，这也是要紧的事呢——"

"再让我睡你抽袋烟的工夫——"话没说完，我老姨就面口袋一样倒下了。

"要不，再等些日子吧？"梅姨低着头。

"你能等，他能等吗？"老卢太姥脱了鞋，"得啦，我今晚就在这儿存一宿吧！明早好一道走。"

第二天一早，两头小毛驴拉着我们上了路，影子在脚前。

刚出了村子，我二舅就抱着鞭子睡着了。我抽出鞭杆，挨着他坐在前边——这车，我赶吧。

我家的小毛驴真是好呀！它们顺着车辙吧嗒吧嗒地走着，我根本用不上使鞭子。路边，大墩的马莲，花早谢了，叶子却长到了半人高。路中间,车前子挤挤挨挨铺得老厚。路旁,甸子上有成片的桔梗摇着蓝色的小铃铛,年夜红花一样的野百合也在向我招手……可我现在顾不上搭理它们,即便这样紧赶慢赶,到达那个叫三棵树的小村子时,也是晌午了。

这户姓葛的猎户人家在村边上。一间没有院落的低矮泥房,前面有棵遮天蔽日的大槐树。

我梅姨在树前仰头望着:"怎么只剩一棵了?"

"早年得的地名,还不知是哪朝哪代起的呢。咱们进屋吧——"老卢太姥领着我们,跟着一个个子高高脸色黑黑的男人进了屋子。

我立刻被一种说不清楚的奇特气息包裹住了。等看清了屋里的陈设,我才知道这奇特气息的来源。

屋子北面的墙上,两杆长长的猎枪旁边,绷满了毛茸茸的兽皮。

男人跟我二舅说:"去年冬天打的狐狸和狼,等天再好点就可以熟了,能吊两件大衣、五六顶帽子。换一年的口粮和零花钱是够了。"

"家里一点儿地也不种吗?"我二舅问。

那人笑道:"都这个岁数了,还跟个半拉子似的学种地?"他摇摇头,"还是耍我那俩宝贝吧!"

这时,外屋的女人擦着手进来了,她目光直直地盯着我梅姨,手一下子摸到梅姨的肚子,歪着身子和脑袋,嘴里一片呜呜哇哇,然后一阵比画。

男人说:"我媳妇不会说话,但挺明白事。她说,等孩子生下来，她拿他当亲生儿子待，天天给他肉吃。"

女人急切地比画完，把我梅姨一把搠到炕上。

午饭是一大盆面条，一个大瓷碗里装着酱卤。男人敲着碗沿说："老鸹肉的。"

梅姨只挑了几根面条吃了几口。

回家的路上，我的心里还在搅着。实在憋不住了就问："老卢太姥啊，老鸹肉能吃吗？"

"有的人能，有的人不能。有时候能，有时候不能。"

看我一脸的迷惑，老卢太姥接着说："猎户老葛家能，种地的人家不能；今天咱几个能，平时咱可就不能。"

"卢奶——您还是再给费费心吧！这家，我看不行——"我二舅这一天了，才说第二回话。

"再找找不是不行。没时想有，有时想好，这是人性。我活了这么一大把年纪，还没看见哪个人生来是享福的。我掐指算过，这孩子，就这命。"老卢太姥回手指指那棵树下的人家。

"您怎么还这么迷信啊——"我二舅嘟囔了一句。

"小贵文哪！看在我老姐姐你奶的分儿上，我今天少骂你几句中不？怎么就和大丫黄了？就差她寡母的那点说项？她呀，那是这些年家里没男人，心里没骨没怕了。眼瞅着姑娘大了，想着可熬出头了，你可好，看你多有志气！"

"你不明白，移风易俗——"

"嗯，我是不明白了！看你们干的移风易俗的事，我就咋也不觉得好呢。就说你二姐那箱子，描龙画凤的多好看，那是我和你奶给挑的嫁妆，看让你们给咔哧的——啧啧，一群败家子啊！不敬天不敬地也不敬人啦！"

"卢奶——说啥您也不能让喜辰学跳大神啊！要不然，开会批他！"

老卢太姥撇撇嘴："他学得会吗？和神说话得心里有神，和人说话得心里有人。他是心里没神，你是心里没人啊！"

"老卢太姥，我二舅心里有人。"

"谁啊！"

"我！还有我太姥、我姥爷……"

"你个外甥狗儿！你们是和你二舅过一辈子的那个吗？"

白云飘飘。白云慢慢地变着形状往南去。我二舅跳下车，默默地在前面走。梅姨一路趴在车厢板上睡着。

老卢太姥点了一下我的鼻子："你太姥老了老了的还算是挺好，有你这么个小嘎豆在跟前。"

我偎偎老卢太姥："您和我太姥咋这么好呢？"

老卢太姥笑道："缘起她和我一样敬天敬地，稀罕你们这些小的啊！"

从前，村里人嘴里的老卢太姥总让我觉得是不能亲近的神婆子，今天，我才知道她的前襟和我太姥的一样软乎。

我把脑袋伸进去，舒舒服服地躺下，看着车后的路。

这是无数次的人踩车轧马踏出来的路——在本可不弯的地方

弯了一下，绕着走省力的土坡却走了上去。它好像是没有任何心思的人随意走出来的，又好像是低着头满是心思的人放任腿脚走出来的。

（三）

太阳的热，已经把大地的每个角落都烤透了。

年年小暑这天，我妈都早早地叫醒我和我老姨，把家里的棉衣搬出来，晒。该拆的就喊里咔嚓，拆。

小河边上，除了年年月月的潺潺水声，今天还多了女人们一阵阵的欢声笑语。光滑的木槌起起落落，捶打着石头上的衣被，沿河的小柳枝上已经铺开了白被里褥和花花绿绿的被面褥面，还有各式各样大大小小的旧棉衣的里儿和面。

浆洗的日子就这样开始了。这时，大家用眼睛在数着——不是看哪家的女人来了，而是看谁家没有女人来。

只要是能干动活儿的男人，在也是挂锄头天的这个日子，都去甸子深处打青草了。我二舅早晨出发的时候扛着大铡刀，我姥爷扛着木叉。邻居刘叔领着大芒和二贵捌着大耙子在道上留下一路的曲曲弯弯也从我家门口走过，上生产队集合去了。

男人们的手巾包里，一定是磨了新麦蒸的暄腾腾的大馒头。连菜都不用就着，他们都能吃去家里的大半锅。

剩下的馒头，就是河边女人今天的第二顿饭了。有讲究的人家还拧了花卷，包了包子。

这一天，清凉温和的小河是属于全村女人的。

日头稍稍偏西的时候，洗好了衣被的女人们，开始在光天化日之下，撩起河水，洗自己。

有不少眼光和着太阳的光线射到我家女人们的这边来。

我妈和我老姨抬着我太姥，我把我太姥冬天用的大棉垫子放在平展的没有石块儿硌人的河水下。

我太姥像坐在炕上似的坐在水里，微闭着眼睛抿着嘴："洗洗，真痒痒！"她推开我妈的手，"多好这水！我自己先泡着——等着，把这个垫子洗出来，给我改个薄棉袄，里头的棉花让贵文给我弹弹，再絮上。"

我妈说："我想给您做个新的。"

"不要！就它好！记住啦？"

我妈点点头。

我太姥攥了一下我妈的手："真记住啦？"

我妈打开我太姥白色的发髻："我记住了，奶——"

我老姨的头发黑得就像漂在水里的黑丝线，她后擎着胳膊仰在水里，长长的头发顺水摆着，摆着，露出水面的肩头就像刚才吃的馒头，恨不得让人咬上一口。

小莺啪啪地打着水，飞起的水珠落得我满脸，她还大喊大叫："香蚴香蚴快过来！蚂螂蚂螂快过来！"可是，香蚴和蚂螂都被她打得晕头转向四处乱窜了，她晃着湿淋淋的脑袋到处追赶，溅起的水花把她围得像个花蕊。

梅姨在水最深的地方，可是小河最深处也只到我的大腿。梅姨的胸前对着半月，她的脸微微地低着，一抹粉红在颊上像早晨的彩云。

我从脸到脚地摸摸自己，悲伤像我不知源头的这条小河却汩汩地流淌开来了。

我抱住我妈："妈——我啥时候能长大呀？"我妈的怀抱比小河的水还温柔："哎哟，我的大闺女！我的大闺女！过了冬天就是春，过了春天就是夏，过了夏天就是秋啊。你还刚刚是春天，等过了春天，你就长大了！"

"能像我老姨那么高？"

"能！"

"能像我梅姨那么好看？"

"能！"

"都能啊？"

"都能！"老卢太姥在我身后说，她坐在了我太姥身边。

我的目光落在我太姥和老卢太姥的身上：我太姥干瘦的身子像秋阳里的糜子穗，皱着。老卢太姥肥胖的身子像秋阳里的苞米穗，胖着。可是，可是她们的穗壳里就像已经没有了沉沉的子实，仿佛被岁月收过了秋。

"妈！我是不是也会像那样啊？"我收回目光，把脸埋在我妈胸前。

"很久很久以后才会呢，我的孩子！"我太姥说。

"我不想——"我突然难过得只想哭。

"燕儿啊！太姥们要是不老，你们就长不大了！太姥们愿意你们长大，太姥们就不怕变老！人生一世，草木一秋，可你离太姥的这个岁数还远得像天边呢！"老卢太姥说。

"去吧！我们老姐俩一块儿，你带她去年轻人堆儿里吧！"我太姥抬抬手。

女人堆里，大声小语的说的都是女人的事。我能听懂的，就飞快地跑进我的耳朵里。

刘婶的俏眉俊眼儿溜过杨大丫的脸："我知道，再相八回亲你也还是相不中谁！你心里的那个没扔下呀！狠狠心，看行不行。还不行，回头得了。"

"我妈就是不同意啊！"杨大丫饱满得好像一粒儿跑出了麻房子又钻出红帐子的花生米，也像一朵粉白粉白的大丽花。

"生米煮成熟饭啊！"有好几个声音一起调笑着说。

刘婶低着头，离开了这块儿水洼。我妈也停住了脚步，转身带我走到了梅姨身边："我给你搓搓背吧！"

梅姨把手巾递给我妈，从水里站起来。不远处的声音也踏着水波来了："啧啧，入冬就得猫下了吧？"

"看那身子，真是个能带孩儿的！"

"听说那家猎户的女人还是个哑巴，会养护孩子啊？"

"那咋办？你会养护，你能要吗？你自己的那一窝都还不知道怎么整呢。"

"哪个没小子的人家能要不？"

"不能！人家能生丫头，保不齐哪回就生个小子。还得是自己的骨血。除非像大丫她妈——"

只听杨大丫恶狠狠地叫道："谁再胡咧咧，我捺她的臭嘴！"

清静片刻，又有人说话："老胡家许文莲咋没来呢？听说她总往那个郎老师那儿跑。"

"是吗？这可不好，挺大个丫头了——"

"就是，可别给教坏了。听说那人还给她看黄书！讲那个事的。"

和着水声的一阵唧唧咕咕，比石头缝里的小狗鱼叫还闹心。我抓起河底的一把沙子扬过去："让你们说我小姑坏话！让你们说我小姑坏话！"

"哎呀——这头发，白洗了！"

"兰芝，管管她呀——"

"活该！你们活该！"我大声喊道，"我小姑明年要上中学，还得跳两级呢！谁像你们，就知道扯老婆舌——"

太阳光，在水面上跳着，跳出点点金辉，直迷我的眼睛。

我妈拉过我，给我搓着身上的陈年旧灰："燕儿啊，谁说几句就说几句，别听不得不中听的话。清者自清，你能让人人都明白你的事你的心吗？你做不到，那就让自己的心宽宽的，啊！"

我梅姨抬着满是水珠的脸，水珠闪着金光慢慢地滚落在河里。水下，她的双手抚着圆润得珍珠一样的肚子。

接下来的日子，小河就归了村里的男人。他们从外面回来，要做的第一件事不是回家吃饭，而是在河里洗澡。

小子们也很快活，他们可以随时随地在河里狗刨，个个都快成了土色的泥鳅。他们晃着光溜溜的上身，从河里跑进跑出，喊声连我在家里都能听见。

我却只能眼巴巴地看着满墙的花儿，不管是雪白的葫芦花、金黄的倭瓜花，还是紫的粉的牵牛花，只要太阳高出一杆，它们就像得了花木兰的将令似的，一齐蔫巴得没了姿色。

小柳条笼子里的蝈蝈没命地叫唤，各家各户的母鸡也接二连三地咯咯嗒嗒。

小莺巴结着我："姐，你都放假了，领我去逮蚂蚱呗？"

"不去！没意思！"

"那去采花？兴许还能采到老鸹瓢呢！"

"不去！更没意思！"老鸹瓢的甜味对我一点儿吸引力也没有了。我很闹心，除了写作业，我还不知道自己假期想干啥，能干啥。

"不去拉倒！"小莺很倔，所以很生气。看着她跑出去时的小辫都摇晃了，我挺后悔。赶到门口，正碰上我老姨回来。

"都出去都出去！快去迎接知识青年！"

陆陆续续的，家家门口就有女人们带着大大小小的孩子站了出来。

从公社回来的大青子背着也打得方方正正的行李包，走在一行队伍的最前头。他顺着我家大门往里望，可我老姨没在家。她脚踏风火轮似的挨家下通知,这会儿早就跑到村西了。

"向贫下中农学习!向贫下中农致敬!"大青子身边的那人,挥着拳头举过头顶。

后面的二十来个人一起呼喊,声音立时像年夜的闪光雷,响彻了村里村外。

大青子也举起手臂:"向上山下乡的知识青年学习!向知识青年致敬!"

路边的女人们哧哧地笑起来,没有人跟着大青子喊。大青子不好意思也无可奈何地摇摇头。孩子们跑来跑去地左看右看,本来一抹草绿的整齐队伍接上了一条呼呼啦啦踢踢踏踏的尾巴。这要是能放到三月的天上去,定会是一只惹人注目的奇异风筝。

我自然是这长尾巴上的一小截儿。

跑过熟悉的村落,村西边那个大大的五间房原来就是大队准备的"集体户"。

这时,我也只能怪自己的眼睛长得少了。这些和杨子荣叔叔穿得差不多的人,真是让我眼花缭乱。

那个喊口号的男人真精神,相比之下,大青子咋看都是李永奇!更吸引我的是那些年纪和我老姨相近的女人:绿上衣的腰间扎着皮带,更要命的是那个不带帽檐的帽子,太好看了!

"我让我妈也给我做一个!"

杨小丫撇撇嘴瞪我一眼:"你不是知识青年,不能戴!"

我蹭下墙头,杨小丫也从墙上跳下来,拉住我:"那让你妈也给我做一个呀？"

"你让你妈做吧。"

"我妈忙着给我姐找婆家呢，没工夫。"杨小丫小声说的求人话里面也带着理直气壮。

我想起我二舅。

"你妈再忙乎，她也没法给你姐找着比我二舅还好的女婿！回家告诉你妈，她是个老刁婆子！"

"你！胡燕——"

我终于出了一口气，跑去找刚刚来到这里的我老姨。

大青子的身上还背着行李，满头都是汗。他正忙着一趟又一趟地帮知识青年们往屋里搬东西。

看见我老姨，他笑着摸摸贴在脑门上的湿漉漉的头发："来啦？给你！"他从衣兜里掏出一个东西，看看四下没人注意塞在我老姨手里。

"啥东西呀？我看看！"我去掰我老姨的手。

我老姨撒开手，我大叫："老天爷！真好看——"一块两面都可以照人的小镜子被我晃得翻滚着接待着耀眼的阳光。

大青子脸色绯红地转过脑袋："董向前！"

那个喊口号的人跑过来。

"这是张兰芹，咱队的妇女队长。他是户长——"大青子指指董向前，"以后，都是队里的青年了，可别像有的地方似的，分村里的城里的。大队包成书记明天从公社回来，他说，这回咱队的年轻人也多了，小组可以变成团支部，我当书记，董向前管宣传，兰芹管组织，先干着。"

"好！那我们从明天开始，全面学习《毛泽东选集》，先组织起毛泽东思想宣传队来！"

"行！兰芹，那你把队里青年都通知到集体户。"

"嗯！"我老姨单眼皮下细长的眼睛飞扬着和天气一样的热度。

董向前挥舞着双臂："同学们！同学们！"

知识青年和院子里外帮忙的村民，还有墙头上看热闹的小孩儿一块扭脸看他。

"同学们——'学生'这个身份，从今天开始，就是我们人生履历中一去不复返的历史了！现在，我们是知识青年，明天我们就是扎根农村干一辈子革命的新型农民！这里的天，多蓝多辽阔！这里的地，多大多肥沃！广阔天地，大有作为呀！马萧萧，给大家起个头——"

一个个子不高的女青年跑出来，站在门槛上，从胸前向头上抬起手："我们是毛主席的红卫兵——唱！"

院子里，一下子飞起了昂扬的歌声。

我跟着我老姨已经跑到了街上，也让这歌声把脚步拽住了。

"呀呵嘿嘿嘿！呀呵嘿嘿嘿！"我老姨小声地学着唱。

"呀呵嘿嘿嘿！呀呵嘿嘿嘿！"我甩着胳膊，大声唱着跑回家，"妈！给拿二十个大饼子——"

"你这一天，跑哪儿去了？"

"跟我老姨在集体户啦。我老姨让我回来取饼子,每个女生两个。大青子也支使四青子回家拿饼子啦,他给男生带一人三个得三十个呢。还要大酱,集体户的大锅里只炸了两大筐队里菜园子给送去的茄子!"

"都拿去还差四个呢!发面也来不及了。"我妈打开锅盖。

"二姐!那咱们给他们再烙几块白面饼吧!我和面——"梅姨从东屋走出来。

"红梅!白面太少了,得给奶留着,还有你——"

"我不用。"

"兰芝啊,烙吧!谁吃不是吃。他们大老远锣鼓喧天地来了——"我太姥在屋里说。

"小燕儿——"我太姥叫我,"你老姨在哪儿干啥呢?"

"发通知去了。还学唱歌呢!可她就是笨,我都会了她还没会,所以,还得回去再学!嘻嘻。"

"小燕儿啊,送到了,就让你老姨回来!回家来吃晚饭,告诉你老姨,就说我说的。"

"在那儿吃就在那儿吃呗,家里也没有白面烙饼了。"刚才我趴在灶沿上,咽了多少唾沫呀。

"不行!"我被吓得猛地抬起头。看见我太姥的眼神像刀子一样锋利,我贪吃的小心眼儿一下子不敢转了。

腿脚走出集体户的院门,我心里的气已没法不鼓到嘴上了。

我老姨还在哼着歌:"无边的旗海红似火——"她倒一点儿

也不馋。

"别唱了，多心烦啊！"我赖赖唧唧地掰扭着她的手指头，觉得她今天的脾气格外好。

"烦啥？多乐呵呀！"

"我不乐呵，我一口烙饼都没吃着。都怨你，白面还有我的份呢——"突然，我碰到了我老姨裤子兜里的小镜子，小镜子明灿灿的光一下子照亮了我的心，"那你把小镜子给我！"

"给你！"我老姨把圆圆的红边压花的小镜子递给我。

"真的？"我只不过是说说，并没想真能得到。

"拿着！"

我把手背在身后，摇着头："人家四青子他哥给你的！"

"我让你拿着你就拿着。我还给过他手绢呢。"

"你不喜欢这个？"

"你看看这个！"我老姨打开卷在手里的东西：《革命歌曲集》。

晚上，我太姥叫过我妈："村里三十多年没来过这些外地人啦！大事！是不是得让老陈家来提亲啊？大丫那姑娘对你二兄弟中意，人也厚道。等着劝劝贵文，别和女人一般见识。能担起两家的担子，没人会小看他。你女婿那边都好哇？"

"奶——都好。这些事，我都放在心上呢。"

"让你受累！要是不让你大兄弟去当兵，咱家早有孙媳妇操持了。还能劳你姑奶子回来持家？真是，他哪年哪月回来呀？有阵子没来信了啊！"

"奶——他当兵,咱家是军属,也光荣啊!何况他那么想去,咱们可别落埋怨啊。"

"兰芝,当年没让你出去念书,怨奶——"

"奶!不怨您。妈没了,不是没有办法了吗?姐姐刚结婚跟出去,我能扔下弟弟妹妹不管吗?"

我太姥拍拍我妈的掌心:"我还真算是有福的!"

"我有福吗?"我趴在我太姥的腿上。

"我家小燕儿最有福!生在好时候了,是没受过冻没挨过饿,还有学上,想上多高就上多高。这小脑袋瓜啊,灵!心眼啊还好!有福着呢!"

我在我太姥的抚摸下,像只安逸的小猫,眯着眼睛。

屋外,墙上所有的花儿都开着,花香随着微微的晚风飘进来,还有艾草熏着蚊子的淡淡烟气。

"太姥,您教我唱歌呗——"

"那太姥今天就再教你一个新的。老歌啦,当年你太姥爷都挺愿意唱的。"

我太姥啊呀的唱词,先是落在了我语文书的边边角角,然后才在我的心里慢慢地耕出一块不再消失的田园。

正月里啊,有什么花,满山开了呀?有什么人哪,手拉手走下山来呀?

二月里啊,有什么花,萌芽出土呀?有什么人哪,背书箱去定乾坤呀?

三月里啊,有什么花,满园开了呀?有什么人哪,在桃园结拜弟兄呀?

四月里啊,有什么花,盘龙上架呀?有什么人哪,去进瓜死里逃生呀?

五月里啊,有什么花,满口喂面呀?有什么人哪,在磨房苦受熬煎呀?

六月里啊,有什么花,披头散发呀?有什么人哪,烧高酒醉倒刘伶呀?

七月里啊,有什么花,单肩独立呀?有什么人哪,举钢鞭去打奸臣呀?

八月里啊,有什么花,满坡白了呀?有什么人哪,穿白袍跨海征东呀?

九月里啊,有什么花,满园黄了呀?有什么人哪,拾金簪打倒王姑呀?

十月里啊,有什么花,寒霜打死呀?有什么人哪,送寒衣哭倒长城呀?

冬月里啊,有什么花,飘飘落地呀?有什么人哪,卧冰鱼孝敬他娘呀?

腊月里啊,有什么花,佛前站立呀?有什么人哪,上上方参拜玉皇呀?

正月里啊，有迎春花，满山开了呀！有梁山伯和祝英台走下山来呀啊！

二月里啊，有耗子花，萌芽出土呀！有孔圣人他背书箱去定乾坤呀啊！

三月里啊，有春桃花，满园开了呀！有刘备和关张桃园结拜弟兄呀啊！

四月里啊，有黄瓜花，盘龙上架呀！有刘金他去进瓜呀死里逃生呀啊！

五月里啊，有麦子花，满口喂面呀！有李三娘她在磨房苦受熬煎呀啊！

六月里啊，有高粱花，披头散发呀！有杜康他烧高酒醉倒了刘伶呀啊！

七月里啊，有芝麻花，单肩独立呀！有秦琼他举钢鞭去打那奸臣呀啊！

八月里啊，有荞麦花，满坡白了呀！有薛里他穿白袍呀跨海征东呀啊！

九月里啊，有秋菊花，满园黄了哇！有李翠莲她拾金簪打倒王姑呀啊！

十月里啊，有英草花，寒霜打死呀！有孟姜女她送寒衣哭倒长城呀啊！

冬月里啊，有白雪花，飘飘落地呀！有王祥卧冰摸来鱼孝敬他娘呀啊！

腊月里啊，有灯笼花，佛前站立呀！有张灶王他上上方参拜玉皇呀啊！

这个暑天，我的心在我太姥的歌里不再烦躁了，因为我天天都有色彩斑斓花香四溢的四季，还有远得摸不到边的人和事让我琢磨不完。

我很想许文莲，想把这么好的歌唱给她听。可是，每天早晨她都带着弟弟妹妹，赶着全村的猪去上甸子。早上不喂的猪们，朝着甸子猛跑，她根本没法停下脚来跟我说话。

已经好几年了，种不惯地的我七爷伙着孩子多的四青子家揽下队里放猪的活。等到放假，他就把放猪的鞭子交给许文莲，自己出去做瓦匠。学校开学了，他再回来。

原来每年这个短暂的农闲时节，我老姨都和队里的姑娘们去甸子刨药材，堵鼠洞。今年，她们要跟知识青年学《毛泽东选集》，学唱歌，学演戏。我等着跟她们去刨药材换钱买文具盒和香橡皮的打算就要落空了，只得拿来镐头和篮子，放在院子门口等着许文莲和她的猪群过来。和猪们共用一块甸子，挖着有皮没毛的药材实在是脸上无光！可我还能有什么好办法呢？

我妈说："挺好的！有文莲带你我也放心。"

天像许文莲染的布一样，淡淡的蓝，淡淡的蓝。淡淡的蓝底儿上堆雪似的白云一动不动。猪儿们散在甸子上，随意地东吃西拱。今天，许文莲的大弟弟，我叫小叔的胡文海，不时地往回赶一下跑得远了一些的猪，然后就到处蹚草找肥大的蚂蚱油罐子。我的心里揣着在公社供销社里看见的那个跳着小花鹿的文具盒，眼睛寻着草里的药材。

我最喜欢挖灵俏的远志，可是偏偏甸子上多的是粗笨的防风。

到了甸子上，许文莲就坐在了有阴凉的苞米地边上，埋头看着前天才借到的五年级的语文书。

太阳烤得地上开始发烫了，防风的大叶子也开始耷拉。大大小小的猪们，全都在一片小树林里给自己找到了午休的地方。这时，远处有三个人影朝这边走来。近到能辨认了，见是郎老师和李景发还有四青子。许文莲早从地上站起来踮着脚向他们摇着手里的书。

他们居然是上了县城。

连来带去都三天了，四青子圆溜溜的大眼睛里还燃烧着兴高采烈的火焰。他扔下背上的麻包，掏出一个红塑料皮的语录本，从夹层里拿出一个小纸包举到我的眼前："你看看你看看！"

我把小纸包抢在手里，打开折了好几层的纸，一张两寸照片跳进我的眼睛："哎呀！"

照片上，郎老师两只胳膊一左一右地拢着李景发和四青子的肩头。四青子的嘴巴笑得跟眼睛一般圆溜，脑袋歪向郎老师的肩膀。李景发的头发锅盖似的顺顺溜溜地盖着脑壳，眼睛发着子弹一样一往无前的光。

"给我一张呗?"许文莲的眼睛盯着照片,声音小得像是想要人家世代单传的独生子,没有一点儿着落。

"不行!我俩一人一张,没多余的!"四青子斩钉截铁的话和着抓球一样的动作,抓着我的手摘去了纸包。

"许文莲,你们来看看。"郎老师叫道。

地头的旧灰堆上,胡文海又扔上去一抱干树枝。他熟练地往树枝下塞把晒干的青草,用镰刀挑出空隙,然后开始碰击两块白如初雪的火石。当有缕缕青烟从柴堆儿上升起时,四青子和李景发刚好抱着劈来的青苞米顶着满脑袋的苞米残花钻出了苞米地。我和许文莲摩挲宝贝一样,挨个翻看着二十多本崭新的书。

"这本,你给村里的姐妹们都传看传看。"郎老师递给许文莲一本挺薄的书。

许文莲翻看着,脸色渐渐红得像甸子上鲜艳的野百合。

"给我看看!"

我把《十万个为什么》抱在怀里,又弯腰去看许文莲手上朝下的书面儿:"《农村妇女卫生常识问答》,林巧稚、夏宗馥编。"我念着。许文莲啪地合上书四下看着,见那些人都在忙活着烤苞米才出口气,连忙把书埋在我的药材筐里。

"吃饭啦——"胡文海喊。

郎老师嚼着苞米粒儿咬一口芥菜疙瘩:"真香啊!"

四青子得意地笑道:"我就说嘛,中午赶到西甸子猪群这块,就有吃有喝了!"

李景发瞪一眼四青子："咋说的话呀？"

四青子不让份地抢白他："就你最先喊肚子饿的！"

李景发使劲地啃口苞米："你没说饿得肚子转筋了？"

郎老师笑出一口白牙，跟嚼苞米一样津津有味地听着他俩斗嘴。

后来，李景发渐渐落了下风，就话赶话地找到了一样武器："四青子，等我跟郎老师学外国话，拿外国话说你啥，你也听不懂，骂你你也得干受着！"

"那你就是狗特务！"

"你才是狗特务呢！"李景发说着，就从地上跳起来向四青子扑过去。

"怎么说急眼了！"郎老师拉开他们俩，"会说外国话的不一定就是敌人，咱们不是学那篇白求恩救八路军伤员的课文了吗？白求恩是加拿大人，自然不会中国话，那位给他当翻译的，也是八路军同志啊！"

四青子气鼓鼓地喘着气。

"学外国话，可不能是为了和伙伴吵架用。马克思说呀，'外国语是人生斗争的一种武器'。他正是运用外国语为革命事业服务的。他十七岁中学毕业时，拉丁语、古希腊语都很好。十九岁那年还学会了英语和意大利语……"

"马克思可真了不起！"许文莲望着郎老师说，"那我能有这么了不起吗？"

"当然能！只要你愿意学习！"

"我愿意学!"

"我很愿意教你!"

"我也愿意学!"李景发把苞米芯扔在火堆里。

我生怕自己落下:"我也愿意。你不愿意?"我问四青子。

"我怕自个儿学不会。"四青子低下脑袋。

"四青子,你少贪玩点儿呗。你要不天天长个玩儿心眼儿就啥都学会了!"许文莲说。

"四青子——"郎老师也像许文莲一样叫四青子的小名,"跟我喊,A——B——C——D——E——F——G——"

四青子的圆嘴巴像金鱼似的张了张,却没有发出一丝声音。

"喊啊——"我跺着脚催他。

四青子提口气又张开嘴,可是憋得脸通红就是不出声。

郎老师站起来扯扯自己的衣襟:"一二!喊!A——B——C——D——E——F——G——"

许文莲尖厉的高音划过火堆,像流星一样去了碧绿的甸子深处:"A——B——C——D——E——F——G——"

李景发双手捏成拳头护着怀里的破篮球似的,牙齿和下巴都抖抖地喊着:"A——B——C——D——E——F——G——"

我一下一下地跳着脚也跟着喊:"A、B、C、D、E、F、G——"

只见四青子闭着眼睛捂着耳朵:"AB,AB,A,A,A——B——C,D——E——F——G——"声音一会儿高一会儿低,一波三折地连说带喊完这几个字母,他的头上竟然冒出了热气。

"简直是太好了！"郎老师笑着，腮上漾起直通眼角的深纹。

"咱们多喊几遍！"许文莲咬咬憋不住笑意的嘴唇。

我们互相看看，竟不约而同地喊出："A——B——C——D——E——F——G——"

一遍又一遍。

草丛里的蝈蝈们不叫了，树荫下的猪们都爬了起来。

在这块土地上一春又一春生发，一秋又一秋枯黄的草、树，还有庄稼，还有天上的鸟儿，它们何时听到过这种奇异的声音？

秋

（一）

高阳下，村里村外的一切都无可躲避地承接着太阳的过度强照。我二舅开始一把一把地侍弄着家里大大小小的锄头，磨好了就挂在屋檐下，等着来年用。一年中，从春天开始直到现在，人们才有了能直直腰舒口气的空闲。

吃完早饭，我太姥就隔着窗户，看我二舅干活。

"看小贵文啊，哪点儿不像个庄稼人？呵呵——呵——"我太姥说完，好一阵笑。

"太姥！您这笑啥呀？"我一下子觉得我太姥的笑声里，也藏着个为什么的答案，而且比《十万个为什么》里的问题还深。

我太姥好像看出了我的心思。她慢悠悠地解着我的心结和自己的笑意："看你二舅，好像看见了你太姥爷年轻那时候呢！那时候啊，你太姥爷穿着短裤子，在后院摆弄新收上来的药材，那细致劲儿，啧啧！"

我使劲地眨巴了一下眼睛：眼前还是我二舅啊！可是又一眨眼之间，我二舅身后就连着欢声笑语地进来了一大帮人。

我立马爬上窗台，眼看着我老姨领着大青子、董向前、马萧萧等一溜儿人进了门。听声儿,他们是去西屋了。我正转身要下地的当口,又看见大门外的墙头伸着一个人的脑袋。

"杨大丫!"我叫道。

我太姥从刚刚仰躺的被子堆那儿俯过身来。

我二舅快步走过去,杨大丫跟着我二舅低着头也进了院子,可他们却没有进屋,好像是上了后园子。

我太姥又回到原位:"该着是一家人呢!呵呵——呵呵——"

我趿拉着鞋就闯到了西屋,也不管谁说什么,扒拉着炕沿上的人缝挤进了炕里,一声不响地乖乖坐在炕角上。

"小燕儿——帮我把窗户支起来!"我老姨这会儿的话,好像是从金黄色的面瓜里飘出来的,轻柔、绵软,还香甜。

"哎!"我脆生生地应着,享受着我老姨这很少有的好脾气,生怕被撵出去的小心眼儿也顿时敞亮了。

太阳照到了紧上层的窗棂,我终于弄明白了这群人是来干啥的。

她们想排一出评戏,叫《井上风波》,讲的是妇女队长领着妇女们监督地主婆劳动,地主婆怀恨在心,要往井里下毒被抓住了的故事。

马萧萧和我老姨都想演英雄的妇女队长。

我老姨大声说:"我本来就是妇女队长!"

马萧萧像戏已经开演了似的说:"可你不懂艺术应该源于生活而高于生活!没有任何舞台经验!"

"就你懂!就你有经验!你明白咋给大伙儿派活,咋做妇女工作吗？"我老姨差点儿急眼了。

"那还不容易？"马萧萧微微地晃晃脑袋眼睛朝地一转，挑起眉毛撇撇嘴角。

这下，我老姨是真生气了。她跳下炕沿："容易？你要是写决心书扎根在河南村，愿意成个农民的媳妇，我不但把戏里的主角让给你，真妇女队长我也举双手选你当！"

乱蜂巢似的屋里，一下子静了。

我梅姨端着满满一盆红柿子和烧瓜一脚迈进来："吃吧！集体户可没有——"

大青子抓起一根老大的烧瓜塞给马萧萧："尝尝！尝尝！"

董向前曲起膝盖把瓜磕成两截，自己先咬了一口，又把另一半递给马萧萧："还真是张兰芹更有妇女队长的气质。"

"那我什么也不演好了！"马萧萧摔了半拉瓜，头也不回地跑了。

"马——"我老姨招呼出半声，眼光追着马萧萧从窗户望过去，眼看着马萧萧已经摔门跑出院子了。

"还带撂挑子的？真是——"我老姨的嗓门小了下来。

"你当都是你呢？可真是和杨排风一个脾气的，我看你演'二排风'准行！"大青子把碎瓜扫进我梅姨拿来的铁簸子里。

"其实还是这样单纯明朗的脾气性格好！"董向前说，"值得我们知识青年学习！"

我老姨拍着巴掌："行啦！等我找马萧萧去，让她演妇女队长就是了,她唱得比我强!我演地主婆。"

"你?地主婆?打死你也不像啊!"和我老姨常在一起的姚玉珍笑得把手里的柿子都掉地上了。

"那你演,我看你胖乎乎的可挺像。"我老姨拉拉她的辫子,"就是可惜你这大辫了,得铰去一大截子,老地主婆梳的是小疙瘩鬏。"

"我才不演呢!我家祖祖辈辈贫下中农!"

"不是演戏嘛!"大青子说。

"演戏也不演坏人!"姚玉珍想了想,"倒有一个人合适。"

"谁?"大家伙儿几乎是一块问。

姚玉珍没有说话,指了指东边。

我老姨一下子就赞成了姚玉珍:"我看行!也让她多受受教育。"

"可她不是团员,只是普通群众。"大青子说。

"按岁数,她也算青年。"姚玉珍说。

"你不愿意,她就愿意?"

"那得你们干部去做工作!"姚玉珍看看我老姨又看看和自己掰扯的大青子。

我老姨难为情起来:"平时我真是没给过那人好脸,这事说是教育她,也有求她的成分在里头。还是你去吧!"我老姨对大青子说。

"那我去吧。当干部要懂得团结才行。"大青子先教育起了我老姨。

我老姨很不耐烦："就你会团结人！行了吧？"

"你看看，还嫌我说你。"大青子摊摊手。

炕上炕下的人都在笑，好像屋里已经有戏了。

《井上风波》十几天后就在我们的小学校上演了。郭校长同意我老姨、大青子他们搬出一年级专用的十二张带腿的桌子搭戏台。台子靠着教室的南墙，演员们从一块大白布挡住的窗户里进进出出上台下台。

两个村子来看戏的男女老少把小学校的操场都快站满了。

台上，只要刘婶扮的地主婆扭扭搭搭地一出场，台下就一片笑声。日后，她唱的"鞋底子抹油——快逃生"几乎天天长在小孩子们的嘴上。倒是我老姨演的队长教大家伙儿不怎么满意。

"真没有老戏里的人扮相美，唱得也没多少小白玉霜的味儿！不过，戏演在家门口了，又不是戏班子，我不深挑！"老卢太姥坐在独轮车上拍着大腿说。

"学样板戏？真是相差十万八千里了！"我的耳朵里飘进一个蒺藜狗子刺一样的声音。我知道说这话的，是我老姨再说啥好话人家也不听了的马萧萧。

不过，傍秋的夏季是热的最高潮，没有人在意这样的风凉。小操场上的戏演到最后，四青子他们几个半大小子，都从前台蹿了上去，和董向前、大青子演的两个民兵一道，要把地主婆押到公社去。

紧挨着台下，突然爆发了号啕大哭："妈呀——妈呀——"大芒身子一佝一佝地哭喊起来,"别、把、我、妈、带走——"

周围的人们一阵大笑,台上的刘婶猛地直起了已经犯罪服法般弯着的腰。她推倒了大青子和董向前,忽地蹦下台,一下子奔到了大芒面前把他搂在怀里:"妈在这儿呢!大芒!"

"妈——呜——"

台上,我老姨已经忘了自己本该英姿飒爽的角色,一时竟愣在了台上,红纸打出的红脸蛋把炭黑描出来的大眼睛显得更大,那眼里,是我趴在台子边上看到的让我感到陌生却难忘的眼神——泪光中带着柔和。

"这戏教你们演的!"老卢太姥拍着大腿,呵斥卢喜辰,"笑什么笑!推我!家去!"

这几天,我总是忍不住去看月份牌。

农历七月初七的这一页,已经被折了四折!我把折叠扒开,用红蜡笔在上面画了一朵大大的单瓣波斯菊,又拿黄色的绕着圈地涂出了花蕊。

这个日子,终于连着演剧的余音袅袅地来了。

我太姥早已让我妈准备好了三副针线包。不用说,那个最小的绿色的一定是我的。从前,我只有眼巴巴地看着我太姥给我老姨针线包的份,可我老姨还不要,就是勉强地接过去了,也是转身就又丢到了炕上。我太姥是年年给,我老姨就年年推辞年年扔,所以这个粉色针线包上一直没有绣上去一朵花。

还有一个大红色的是给谁的呢?

吃过晚饭,收拾好了碗筷,我妈领着小莺和我老姨一起到了东屋。

我太姥从她的垫子底下摸出配好的七彩线,我妈接过来开始把线装进每个针线包里,然后把粉色的递给我老姨,我老姨很精心地把它装进了自己草绿色的衣服口袋里。我妈又拿起大红色的递给我梅姨,我梅姨摇摇头,小声说:"留着将来给我二嫂吧!"我妈把包放到她手上:"拿着!"

我一直屏着呼吸,都要背过气去了。

"你的!"我妈把绿色的小包放在我的眼前。

我酸酸的眼皮终于可以眨一下了。可是一瞬间,我的眼睛里一下子就涌上了一排热浪,它们就像破堤的春潮。

"我也要!"小莺来抢我的针线包。她软软乎乎的小手留下一团暖气,尖利的小指甲让我的手心记下了一道连心的悸动。

"小妹儿,等姐给你绣飞满花蝴蝶的兜兜戴!"我发涨的脑袋里除了小莺带着奶味儿的喊声,还有她满园子扑蝴蝶的身影和那些越飞越远越飞越远的蝴蝶:小的、大的,白的、黑的,一抹色的、五彩斑斓的……

"哦呵!我的小心尖儿——眼瞅着就大了!"我太姥把我揽在怀里,用干干的手掌擦着我的眼泪,"比珍珠都贵重啊!"

我的眼睛渐渐地澄清了。

这是一个朗朗的夏末初秋之夜。天上撒满了碎银似的星星,一道横贯天际的茫茫星河，让两颗孤傲的星斗遥遥相望！我知道他们一个是牛郎，一个是织女。

"王母娘娘咋那么坏呢？"我把装着瓜果的篮子放到院子中央的桌子上，唯恐得罪了那老太太似的小声问我妈。

"人间的日子难啊！她心疼自己的姑娘，生怕她跟牛郎过苦日子。"

"哦——"我悟悟我妈的话，把半懂不懂的人间世道和这个流传久远的故事一块儿装在了心里。

"拜——拜——"我太姥扶着门框站在外屋地，喊了一声。

"知道了！奶——"我妈回应着，然后双手合十举在眼前，默立了一会儿。

"妈，您许愿了？"

"许了！"

"许的啥？"

"这不能说。"

我老姨哧哧地笑起来："傻了不是？还能是啥？让你爸快来！把你们接走——"

"别瞎说，快都拜拜，看奶着急！"我妈拉了一下我老姨。

我老姨扭扭身子："我不拜，我要去黄瓜架底下听听，看看是不是真有牛郎织女在说话！"

"那我也去！"我抓住我老姨的后衣襟。

园子里，高高低低的虫鸣振动着薄薄厚厚的瓜菜叶子，弯弯的新月挂在天边，淡淡的月光剪出夜里果树瓜架的清影，一股果蔬特有的香气漫在心间。

我随手扭根黄瓜咬在嘴里。

"别嘎巴嘎巴的，听不见啦！"我老姨蹲在黄瓜架下，拍拍我的小腿肚子，"你听——"

"听见啦？"

"没有。你听见啦？"

我想想，说："好像听见了。"

"真的呀？还是小孩儿耳朵灵！说啥呢？"

"织女说：'我要给你织一件最好的缎子夹袄，蓝底是天的颜色，上面绣满麦穗。你和孩子要是饿了，就指指麦穗，它们就会长到咱家院子里。'"

我老姨的眼睛闪着月亮般的光。

"牛郎说：'我爱劳动，靠自己的双手能把孩子抚养成人。'"

我老姨揉揉自己的耳朵："我咋啥也听不见啊？"

我的思绪就像哗哗的溪流，从深泉里涌出来流在月光漫漫的天地："织女说：'你就同意当我们杨家的倒插门女婿吧！这样，我们一家人就能天天在一起啦！天宫……'"

"小燕儿——你说啥呢？"我老姨惊叫着站起来，把黄瓜架顶得东倒西歪。

我被吓了一跳："咋啦？"

"你说啥呢？"

"不对吗？杨二郎不是玉皇大帝的小舅子吗？"

"这都哪儿跟哪儿啊！"我老姨把我扯出黄瓜架，拉出菜园子，"二姐，你跟奶说一声吧，可别再给小燕儿讲那些乱七八糟的封建迷信故事了。我出去一趟——"我老姨风一样飘走了。

"二姐，你领孩子回屋吧，我自己在这儿多坐一会儿。"我梅姨说。

等我一觉醒来，看见灯壁上如豆的煤油灯还在亮着。

我太姥这边没有往日时断时续的呼噜声。我梅姨这边被窝还齐整地铺着。

我推开外屋的门去上茅房，睡眼惺忪地看见院子中央的桌子边上还坐着我老姨和我梅姨。

七夕的夜晚很长，很长。

我一直在做到处找茅房撒尿的梦，可是就找不到，就撒不成。耳边，还不时有我太姥在跟我说："多急的事也能挺过去，家里家外不是还有这么些人在帮你找吗？你的事没着落我不能闭眼，再睡会儿，啊！那年往这边逃的时候……睡吧！我天天就和这会子似的困，睡一觉，别天一早咱娘儿俩去把院子里的香草铰下来，晒上——冬天的时候有用项呢！"

这话又好像该是对我梅姨说的。

能让我老姨和我梅姨坐在一起的，怕是也只有七夕这样的夜晚吧。可她们在说什么呢？

等我梅姨终于回来要睡下时，我太姥支起身子拍了一阵子枕头,然后慢慢地说:"虎毒不食子啊!想想,他是不是不得已呀?到了天边儿他也是你孩子的爹爹,让他也遭殃了对你和孩子又有哪点儿好呢?说不定将来他有办法了,就能来找回自己的孩子。别听兰芹那套,气!恨!告完了捅倒了你又能咋着……"

"姑奶,我俩说的不是这!"

我太姥坐直了身子。

"兰芹就是给了我一本书,写妇女怎么讲究卫生的,生孩子的时候。"我梅姨说的声音越来越小。

我的心一动:郎老师买来的书都传到这儿啦!我也要看看。

这些天,那本我只是看到了封面的《农村妇女卫生常识问答》越来越勾我的魂儿。它像个太阳照着我梅姨,我于是就成了她在不同地方不同时间的影子,长长短短地一会儿在前一会儿在后,一会儿在左一会儿在右。

"小燕儿,你总围着你梅姨想干啥呀?"我妈把我拉到她跟前。

我就是张不开嘴说我想看一本讲妇女的书。我搓着脚下的屋地,直到我妈满脸满眼的急切要转化为气恼,我才咩咩地动嘴:"我想跟梅姨学绣花——"

我妈直起腰长出了一口气:"嗨,那就学呗!我正寻思抽空儿教你呢。"

我梅姨理理耳边的头发,红着脸说:"我才只会一种套针。"

"那也挺好。先跟你梅姨学去吧!"我妈把我又推到了我梅姨跟前。

姑娘的第一个绣品应该从针线包开始。我捧着我的针线包漫不经心地想着往上绣个啥。窗外,牵牛花在晚风里又张开了它的小喇叭,一只蜜蜂好像随着小喇叭发出的美妙声音在飘飘舞舞。

"我绣它们!"

我梅姨隔着窗户也望过去:"快把你的钢笔拿来。"

我飞快地取来小钢笔。

梅姨看看画画,画画看看,我的绿色的小针线包上就开出了牵牛花儿,花儿上一只小蜜蜂好像在使劲地闻着花香。

我梅姨左手托布右手拿针,粉红色的花朵就从窗外来到了我的针线包上。

"哎呀!快让我绣啊!"我扭着双手。

抛线,挑针,又抛线,又挑针……几天之后,那只金黄色的小蜜蜂在我梅姨的穿针引线下,也扇着翅膀飞来了。

我拿着我的针线包跑进跑出地四处显摆,家里人都看过三遍也夸过我三回了。

我得意地跑出家门。

许文莲在甸子上,太远。那我先在家跟前儿张扬张扬吧。

我头一个想到了杨小丫。

"杨小丫——杨小丫——"我站在老杨家的院门外开始喊,可是出来的不是杨小丫,而是她妈。

"小燕儿啊?"

"我找小丫来的。"

"在家呢,去吧!""老刁婆子"今儿个倒是不刁,我就嗖地进了她家的院子。

杨小丫正坐在炕上抻着长线,守着一个大笸箩在穿苏子叶。

"你看!"我迫不及待地伸直胳膊捧出我的针线包。

杨小丫丢下手里的苏子叶,翻来覆去看了又看。

可是,她一点儿也没有夸我的意思,却说:"哎,胡燕!我知道个秘密!"

"啥秘密?"

"我要是告诉你了,你保证不能说出去,得就咱俩知道才行!"

"我保证我保证!"

杨小丫跳下炕:"你爱吃酱菜瓜吧?"

"爱吃啊!"

"我发现一个有很多小菜瓜的地方,我带你去采。"

"真的呀?"

"就是有个条件——"

"啥条件?"

"把你的针线包给我。"

我一把抓起炕上的针线包:"不行!这是我梅姨教我好几天才绣好的!"

"那你让她给我也绣一个一模一样的呗。我带你去采回来满满一大筐菜瓜,行不?"我不知道我妈那里还有没有这样的布头儿了,就不敢说"行"字,更舍不得把这个现成的给她。

"行吧!你合算!"杨小丫钩起我的小指头,"拉拉钩!不带反悔的啊!"

我这才明白杨小丫多羡慕我有这个针线包啦!我一阵高兴,说:"那行吧!"

杨小丫都没让我回家,带着我挎着她家的腰筐就出了村子。

往北走不远,就是我们河南村的一片高粱地。

高粱穗儿刚染上淡淡的红彩,在有点儿风的时候轻轻地摇摆,细长的叶子就发出沙沙的声响。钻过这片高粱地就是苞米地,在两块地当间的草地上,甜瓜蔓儿拉着一片又一片瓜叶爬得到处都是。

"你看——"杨小丫蹲下,扒拉开瓜叶。野地里没人给打尖的甜瓜按着自己的心愿尽情地结着左一个右一个的小瓜蛋儿。

"你过来!"杨小丫拉着我,又奔到一棵很大的蒿子那儿。这棵大蒿子上也爬满了瓜蔓。

杨小丫扒开蒿子下的细草,一个很大的甜瓜像老母鸡孵蛋一样静静地窝在草丛里。

杨小丫屈起中指弹了弹:"嗯,可以吃了!"她把瓜掐了下来,拿在左手上,右手朝甜瓜拍去。甜瓜分成了上下两半。

"给!这半儿更甜。"杨小丫把带瓜腔的那半儿递给我。我忘了是从哪天起杨小丫就对我不友好的了,她眼下的好意竟让我一时难以接受。我不好意思起来:"我不要,你吃吧。"

杨小丫把端着瓜的手收回去,她歪着脑袋想了想,说:"我再告诉你个秘密！我妈同意我姐和你二舅的事了——我姐要嫁到你们家去当媳妇了！"

"真的？"我想起了那天我二舅给杨大丫开门的情景，于是笑了，"你妈咋想同意了呢？"

"我姐说她要学你梅姨，还到树林子里去上吊！"

经历过那样的场面，杨小丫的话我听得心惊胆战。

"吃吧！以后咱就是亲戚了。"杨小丫深深地看我一眼，"你还得管我叫小姨呢，就像你管许文莲叫小姑似的。"

"你可不像许文莲我小姑那样，能让我当长一辈儿的人看。"

"像不像也要是了！由不得你啦，吃吧！"杨小丫很得意，解气一般地咬了一大口瓜。

瓜没有十分熟，但微微的甜里带着淡淡的清香，水分十足地滋润着我。

"以后常来找我玩儿吧，人家许文莲你小姑也没工夫搭理你了，是吧？"杨小丫骨溜溜的眼睛转了几转。

"她天天放猪去……"

"别提放猪！她放得好吗？弄得我家的老母猪每天回来都跟饿狼扒了心似的。她的心思哪在放猪上！你也离她远点儿吧，省得人家也讲究你。"

"谁讲究她，又讲究她啥啦？"我一听就很生气，许文莲不就是她妈带来的孩子吗？村里人咋就看她不顺眼呢？

"跟郎老师走那么近，你觉得挺好？"

"郎老师教她很多东西，书上都没有的……"

"就是嘛！书上都没有的还学呀？哎呀，胡燕，你叫我说你啥好呢？还是我妈说得对，你呀，就是一个'浮灵'！"

"啥是'浮灵'啊？"我想起了"幽灵""神灵""精灵""魂灵"等带"灵"的东西，有些怕。

杨小丫白我一眼："'浮灵'就是看上去机灵的样子，其实挺傻！"她像在学校答解词似的，对我说，"得了！你有工夫慢慢琢磨！咱赶紧采瓜吧，这儿还有几个没熟的，等过几天再来摘。地里还有不少瓜秧，因为不见天日结的瓜都是熟不了的小瓜，咱地里采去！"

我挎起筐："你咋知道这里有瓜呢？"

杨小丫指指东边："打苏子叶去路过这里，发现了。"

"那这里咋有这些瓜秧啊？谁家种的呀？"

"我看你是念《十万个为什么》念魔怔了。这儿前年不是队里的瓜地吗？还能不路顺着出几年瓜秧子？"

"对了。"我很信服杨小丫说的这个，但还是觉得她不可亲，就算是亲戚了，也没有许文莲小姑可亲。

真是有段日子没见着许文莲了，还是快开学吧！

（二）

已经到了立秋的日子，苞米把淡黄色的雄花碎碎地扬得满垄沟满垄台儿，连又长出来的杂草也被光顾了。和草地上的瓜秧相比，苞米地里的瓜秧真是细得可怜，结出的瓜也小得只有鸽子蛋那么大。

"腌酱瓜子合适吧？"

"合适，合适，太合适了！"我忙得有好几回差点儿被苞米棵子绊倒。

普照大地的阳光被苞米们分割得条条缕缕，落到地上就成了斑斑点点。地里的湿气在斑斑点点里慢慢升腾，青苞米的味道就向四面八方悠悠地蔓延着，蔓延着……这些天，我们家一直在吃两样饭。干的，我妈盛给我太姥我姥爷我梅姨还有小莺，捞完干饭后留下的稀饭是我妈我二舅我老姨和我的。

我天天盼着挨着院墙的白苞米赶紧灌满浆，那样我就可以饱饱地啃一顿苞米了，就是剩下的秸秆我也要咂尽里面的甜味啊！

忽然，有咔嚓咔嚓的声响。在一片寂静的苞米地里，这种异样的声响显得格外刺耳。

"有人在掰苞米呢！"杨小丫猫着腰，过来拉住我的腰筐，"咱们离开这儿吧。"

"我才采这么一点儿，这里还有好些小瓜呢！"

"改日再来！"

"我不！咱去看看得了。要是偷苞米的，咱就抓住他，把他交给队里，还帮我姥爷看青了呢！"我姥爷这几年，每到夏秋就给队里当看青员的。

"说你傻你肯定不愿意听,可你真是'浮灵'啊!咱俩绑起来也不见得是个啥,还想逞能呢。"杨小丫对我撇撇嘴。

"刘文学……"

"你得了吧,我妈可不让我去干那事,说大了危险,说小了得罪人!我们家承受不起——走!"杨小丫拉起我。

还没等我们走出苞米地,就听见外面有喊声:"谁?"

"我姥爷!姥爷——我呀!"我和杨小丫赶紧跑出来,只见我姥爷戴着草帽,背着手,扎着的布腰带间,别着短头小镰刀。

"姥爷——我采了青瓜,等着做酱瓜子给你吃!"我抱着腰筐递到我姥爷面前。

"看看,都满头大汗的。赶紧家去吧,大晌午了!"我姥爷就是腰里别着镰刀也不像看青的,倒很像是出来给自家的兔子割草的村里老人。我们家因为有我太姥,我姥爷就总像是不怎么老似的。

"姥爷!我俩听到声了,好像有人偷苞米……"我的话还没说完,地里就传来了扑扑通通的响动,接着就是尖厉的连声大喊:"站住!站住——"

扑扑通通的响动更大了,苞米地好像也跟着晃悠起来。只见刘婶从地里披头散发地跑出来,被垄台儿绊了一下,她就跟跟跄跄地跌倒在了地头上,连鞋子也甩掉了。

看见我们的瞬间,刘婶愣愣地呆住了。过了片刻,她才缓过神儿来,一手触地,一手慢慢地捞过鞋子。

这时,两个披着苞米地里暗光的人影,也呜闹喊叫地追了出来。

像是出了绿色的大幕:马萧萧急行军一般大口喘着气,一手叉腰,一手指着正在穿鞋的刘婶。

紧跟着跑出来的姚玉珍,一边抹擦眼睛一边扑拉头发:"我的老天爷呀,眼睛都快让汗煞瞎了!"

看见我姥爷了,姚玉珍又说:"护青这活儿,真不好干!我明天得和兰芹说说,我还跟她上打鼠组得了。"

"不许拈轻怕重!你去把她的口袋背出来!"马萧萧指挥着姚玉珍。想来刘婶背着口袋跑了一大气儿,因为只一会儿,姚玉珍就扛着个口袋出来了。她把口袋顺势扔在地上:"死沉!"

马萧萧扯过口袋,从里面掏出一穗又一穗苞米:"张大爷,您是我们看青组的组长。现在人赃俱获!您看怎么办吧?"

我姥爷长长地叹口气:"又青黄不接啦?"

刘婶一下子哭起来:"借了好几家了。谁爱借呀?我这日子过的,真是暗无天日啊!最早找你家我二姐借了,看见你家的米缸也快见底了。呜——我实在是走投无路了我!再说,我排了十好几天的戏,丢人现眼不说,也没给我记半个工分!我那不算劳动吗?我就劈这些青苞米给孩子顶顶饥,和了我那些劳动,还不行吗?"

马萧萧指着刘婶:"你这样的人还真是需要好好教育!你不但挖社会主义墙脚,还恶毒攻击社会主义制度,真快死有余辜了!"

刘婶抬眼看看马萧萧，哭着笑道："我不死！我死了，我的孩子你给养活呀？哼！我才不死呢！"

"那你就得接受教育！"

"你说，咋教育吧！杀人不过头点地呀，你就是没挨过饿，那你还没妈没兄弟姐妹？"刘婶从地上站起来。

马萧萧瞟了刘婶一眼："你凭什么和我妈比？我妈是堂堂的革命干部！你是什么人？垃圾！"

刘婶的脸慢慢地白了！她突然扑了过去，一把薅住马萧萧的头发："小鬼魍，我招你惹你了！你大老远从大城市跑来，凭啥这么骂我呀？啊？"

我姥爷厉声喝呼："刘财家的，快放手！赶紧拉架——"

我姥爷和姚玉珍一起拉开了两个人。

刘婶在我姥爷身后朝地上恨恨地吐了一口："呸！跑这儿装人来了！还不知谁心里更埋汰呢！"

马萧萧满眼冒火："你等着。革命真不是请客吃饭，我算明白了这个道理！"

姚玉珍使劲瞪刘婶一眼，踢一脚横七竖八的苞米，问我姥爷："罚吗？"

我姥爷看看马萧萧，又看看姚玉珍："再罚，明年更接连不上了！数数，看有多少，让她拿排戏那些天的工分顶吧！我告诉队长这事。都赶紧家去吧，家去！响午了！"

刘婶薅过口袋，把青苞米一穗接一穗地装回去，拧紧口袋，一下子抡在肩上,头也不回地走了。

我姥爷背着手,又招呼一声:"都回吧!"

"这老爷子,咋向着她那种人呢!"姚玉珍看着刘婶的背影,"真是的!"

马萧萧一直立着眼睛,她挥了一下手里的镰刀,大声念道:"都是社会主义的毒草,全得割!割他个精光!"

杨小丫拉拉我:"咱也走吧。玉珍姐,我走啦!改天去串门呗!"

姚玉珍瓮声瓮气地回应了一声:"行啊!"

走出了来时的高粱地,杨小丫才回回头,说:"马萧萧可挺吓人的!"

"刘婶才吓人呢!还跟人动手!"

"那是被激的,一时的!她平时哪那样?马萧萧好像总这样气盛呢,才吓人!"

"是吗?"

回来的路上,我的脑袋里怎么也除不去刚才的情景,胳膊上挎的筐是越来越沉,树上的老鸹也哇哇地叫得让我心烦了。

清爽的秋风,把学校里的破犁铧吹动了。

假期的劳动是摘头茬蓖麻。郭校长的话早在我们心里扎下根了,于是蓖麻就再也不是蓖麻,在我们的眼里和心里,每粒蓖麻都包着欢乐!

学校院里，摘回来的蓖麻堆成了小山丘，女生按年级围着它们搓收蓖麻籽。

摘蓖麻的男同学摘得可真精心，他们不像生产队的社员那么大把地撸，而是只挑完全熟透了的采。于是丘丘蓖麻堆里，竟看不见带绿皮的蓖麻果。为了做到颗粒归仓，门老师领着一年级的"小豆包"们还扛着小筐顺着垄沟捡掉在地上的蓖麻粒呢。

我撑着旧鞋帮儿，用鞋底儿使劲地在簸箕里搓着蓖麻果，一粒粒画着大花脸的蓖麻籽就油光锃亮地出世了。

"嘿，看这颗，像不像张飞？"我挑出一粒托在手心儿里，凑到杨小丫的跟前。

杨小丫扫了一眼，说："不像！"

"多像啊！看，这儿就是张飞的大眼——"

杨小丫用胳膊肘拐拐我："你看！"

对面，许文莲拢着簸箕捡着蓖麻籽，嘴里不知在说着什么。旁边的郎老师手上扒着蓖麻籽，眼睛看着许文莲，脸上的笑容比郭校长的还多。

我扔下"张飞"跑过去，从背后一把捂住许文莲的双眼："猜猜我是谁？"

"小燕儿，快别闹！"许文莲的手上都是蓖麻果的皮子，就用手背拍拍我的脑门儿。

我松开手趴在她的肩上，赖唧唧地小声说："我想坐你跟前儿！"她往郎老师那边挪了挪给我让出来一块小空当："可不许闹啊!"说完,她又继续道:"苏世独立,横而不流兮。闭心自慎,终不失过兮。秉德无私,参天地兮。愿岁并谢,与长友兮。淑离不淫,梗其有理兮。年岁虽少,可师长兮。行比伯夷,置以为像兮。"

我听得满耳都是"西",什么意思也没明白。

"你念的都是啥呀?小姑,我一点儿也没听懂!"

许文莲瞪住我:"忘啦?在学校别叫——"

我吐吐舌头:"我急的!你念的是啥呀?"

"这是屈原的诗,《橘颂》。"郎老师还在笑着。

我很有些难过地摇摇头:"咋从来也没听说过呢?"

"等上课了,我给你们讲!就从端午节吃粽子讲起,你一定会明白的!"

"吃粽子啊?"

"是啊,相传,我们端午节吃粽子是从纪念屈原开始的!"

"哦!郎老师,那您这会儿就讲呗!一边干活一边听这么有意思的事,多好!"我拉住许文莲的胳膊,摇了又摇。

许文莲站起来招呼道:"郎老师现在要给大家讲中国古代大诗人屈原的故事!"远点儿的同学都赶紧往簸箕里扒拉蓖麻,他们端着簸箕跑过来,像刚才围着蓖麻丘一样,围着郎老师纷纷地坐下了。

郎老师一粒粒地剥出蓖麻籽,一边说着:"屈原,生在战国时期的楚国。战国时期距今已经两千多年了。那时,屈原的家,是在现在的湖北省秭归县,离我们这里大约五千里地。虽然岁月过去了千百年，虽然隔着万水千山，今天，我们这里的人怎么还纪念屈原呢？"他抬起头，看着我们也好像看着遥远的天边。

"汉代有个大文学家贾谊，他写了一篇《吊屈原赋》。在贾谊笔下，屈原生活的时代一切都是颠倒的：猫头鹰在天上飞翔，鸾凤却深藏起来；小人得志尊显，圣贤却不得其用；正直廉洁的人被诬蔑，强横残暴的人却受到称誉；宝剑被贬为钝口，铅刀却被说成锋利；国宝周鼎被抛弃，空瓦罐被当成宝物；疲牛跛驴骖驾着马车，千里马却拉着沉重的盐车；帽子本应戴在头上，现在却垫在脚下，被汗水湿透。这就是楚国的时局。

"屈原就在这样的时局里，遭谗被疏，一再流放。但他始终以祖国的兴亡、人民的疾苦为念，希望楚王幡然悔悟，发愤图强，做个中兴之主。他明知忠贞耿直会招致祸患，但却始终'忍而不能舍也'；他明知自己面临着许许多多的危险，在'楚材晋用'的时代完全可以去别国寻求出路，但他却始终不肯离开楚国半步。

"公元前278年，秦国大将白起带兵南下，攻破了楚国国都，屈原的理想破灭了。他虽有报国心，却无回天力！于是，屈原抱着石头怀恨投了汨罗江。老百姓听到噩耗赶来江边，看到的只有滔滔江水了！人们不愿意江鱼咬食屈原的尸体，就用苇叶包了糯米饭投进江中喂鱼！人们记着五月初五这个日子，年年来这里做这件事，渐渐就成了一种风俗，也成了我们的节日……"

秋风吹走了端午的时月。我原以为端午的粽子里包的是欢乐，即便剪的桃枝儿绑着艾蒿挂在门上辟邪，也就是和过年放爆竹差不多的意思。想着记忆里的丝丝米香却伴有这么遥远而绵长的忧伤，让我从此再不敢只想着一个"吃"字儿。

初秋的高阳下，簸箕里也不光是蓖麻籽了，它还装上了少年们一串串咸涩的眼泪！

我揩干眼泪的瞬间，看见郭校长站在郎老师的身后，拍了拍他的肩膀。许文莲紧紧地咬着嘴唇，正满眼泪光地望着郎老师。

放学的路上，我的腿脚从来没这么沉过，沉得连上小桥都觉得费劲。

河里，清浅的流水一路东去，在夕阳下闪着粼粼波光。

许文莲转身下桥跑到河边，掬起一捧水，扬在脸上。

"要是那条汨罗江像这条河似的就好了！"我趴在桥栏上看着河底的石子说。

"人要是不想活了，哪里不能死！"杨小丫白我一眼。

"你要是屈原，你投江吗？"我问杨小丫。

"我不！楚王对我也不好，他被灭了，我兴许还得说'活该'呢！"

"怪不得你一个眼泪疙瘩也没掉。"我看着河边的许文莲，"看我小姑，她要是屈原，肯定就死了。"

"死也白死！"杨小丫没好气地推我一把，"不跟你说了，怎么像是越说越没好话呢？"杨小丫跑了，花书包在她身后一颠一颠地拍打着，她也跑得越来越快。

我滑下桥："小姑，郎老师明天还能讲屈原的故事吗？"

许文莲抬起头:"我眼睛还红吗?"

"还红。"

许文莲坐下了:"那我过会儿再回家。"

"我也过会儿。"我挨着她坐下。

一群香蚴在水面上划出一个又一个小小的波圈,波圈在一点点扩大,一直撞到了河岸上的卵石,几片柳叶缓缓地随波逐流渐渐东去……

许文莲从书包里拿出一本书:"你想看吗?"

"《屈原》!"

"这是郭沫若写的剧本,里边有个婵娟我最喜欢了。这个剧本写成的时候,你我还都不是这个世界上的人。这本书,都比你大十岁呢!"许文莲指着书后的一行小字:1954年10月。

"那一年,郎老师应该是刚上大学吧?他还买了这本书,没想到我们今天会看着!"

"小姑,你说郎老师上的大学啥样?"

"你好好念书吧,长大了兴许也能上上大学呢!"

"那咱们一块儿上吧,我一个人,我自个儿?"我摇摇头,我不怕出远门,但害怕孤单。

"要是真能有那一天,死也值。"许文莲咬咬嘴唇,又说,"要是一个梦,我也做过了!"她笑了一下。

她的笑脸倒映在河水里,她顺手把河里的笑脸搅散:"再洗把脸,回家吧。"

回家的一路上,我听她念着《橘颂》:"后皇嘉树,橘徕服兮;受命不迁,生南国兮。深固难徙,更壹志兮;绿叶素荣,纷其可喜兮!曾枝剡棘,圆果抟兮;青黄杂糅,文章烂兮。精色内白,类任道兮;纷缊宜修,姱而不丑兮!嗟尔幼志,有以异兮;独立不迁,岂不可喜兮!深固难徙,廓其无求兮;苏世独立,横而不流兮。……"

那种我从没见过的嘉树一路芬芳地跟着我们。

昨天的后半夜下了一场很大的雨,我在睡梦里都听见了唰唰的雨声。

一早,我太姥打开了窗户。她扒着窗框向外张望了一会儿,说:"好雨呀!真是好雨呀!一滴雨水一粒谷哇!"

只过了两三天,园子里的苞米就开始老了,我盼望的第二顿青苞米也啃不成了。

我妈拿出三把剪子放在筐里,又找来了小麻袋:"小燕儿,今儿个咱们铰草籽去!"

"妈,我手上的泡还没好呢!"

我妈愣了一下:"怎么好得这么慢!那你去了能干多少干多少吧。把小莺也带着。"

小莺攥着早饭没吃完的土豆,高兴得出门就开始跑跑颠颠。

甸子上的草多,结籽的好像很少。我妈就领着我和小莺往田边地头走。

"妈,铰来草籽干啥呀?"小莺开始问第三遍了。

我妈还回答说："喂鸡！"

"喂鸡干啥呀？"

"让鸡多下蛋。"

"多下蛋干啥呀？"

"等攒下好给梅姨吃！"

这回小莺站下了，她扯住我妈的衣角："妈！为啥不给我吃啊？梅姨是大人，比小孩儿还馋啊？"

我妈蹲下拍拍小莺的脸："梅姨不馋，是梅姨肚子里有个比你还小的小孩儿，他等着梅姨吃了鸡蛋好有奶喂给他呢。"

"他不会自个儿吃饭啊？我很小的时候就自个儿使筷子，不用人喂！"小莺的嘴巴一噘老高。

"他比你小多了，没长牙呢，还只会吃奶！你是他的小姐姐！"

"我也是姐姐吗？"

"你是！"

小莺想了想："我要是姐姐了，我就让着他吧。鸡蛋我不馋了。"

"我家小莺懂事了！"我妈拍着她的脑袋瓜儿说，小莺又快活地跑起来。

高高的稗子涂上了紫色，狗尾巴草沾上了金黄。一阵阵唰唰的小风里，剪子在我妈的手里咔嗒咔嗒地响成了一条线。

"妈呀——您看，我又撸了这么多呀！"小莺拎着细柳条筐，把盖着筐底儿的草籽儿倒进我妈挎着的小麻袋里。

"我家小莺不但懂事,还能干活儿了!"我妈拿着小莺的手,看着她满是红印子的虎口,"小莺啊,疼不?"

小莺把手在腿上搓了搓:"您没问前不疼!现在疼了!"我妈叫我:"小燕儿,咱们歇歇吧。"

一只碧绿的刀螂跃上了已见微黄的臭蒿。小莺瞪大了眼睛蹑手蹑脚地探了过去。刀螂扬起脑袋腾起双爪,小莺就站在蒿子跟前回头望着我。我还没坐稳的身子被电击了似的跳起来,一把抓向蒿子,刀螂从我的指头尖儿上蹿到了蒿子尖儿上。在它还没有停稳的当口,我的指头又赶了上去。

"给!"我捏着这个大刀螂的细脖子。

小莺歪着脑袋去找能下手拿它的地方:"哈!扁担扁担钩——你挑水,我馇粥!"小莺念叨着。

"这不是扁担钩,这是刀螂!"

小莺缩回手:"怪不得吓人呢!"我一松手,刀螂又一跃而去。

"等着,我再给你逮个红色的扁担钩来!"我就是见不得小莺委屈的小样儿。

"快来这儿!"我妈叫道。

顺着我妈手指的方向,只见好几棵蓬蓬的天天秧上挂满了一嘟噜一嘟噜的黑天天。

我和小莺惊叫着,大笑着,跑过去。

黑天天是甜甜的,甜得人满嘴满心都在笑。黑天天是酸酸的,酸得人也满嘴满心都在笑。我和小莺看着彼此满嘴满牙的黑紫,更是笑得要歪倒在我妈的身上。

我妈手里拿着天天叶子挽成的小桶,正一颗一颗地摘天天呢。

"妈,可好吃了!您咋不吃呢?"小莺问。

"这些带回去给太姥和梅姨!"

我和小莺卷不好小桶,只好把天天叶子托在手上,像盘子似的使着。

"小燕、小莺啊!你俩愿不愿意咱家再有一个小弟弟呀?"我妈弯着腰边摘天天边问。

我的心里猛地一动。

"愿意!大芒都有弟弟呢,我也要有个弟弟!"小莺大声说。

我妈抬起脸看看我。

"妈,您想要给我们生个弟弟吗?"我看看我妈。

"我是怕你梅姨的孩子将来找不到他亲妈——"梅姨大腹便便的身子和那双大眼睛立刻浮上了我的心头。

"妈——那我帮您背孩子,我现在能背动了。"我妈直起身子,从春到夏一直浮在我妈眼里的云,终于飘出了眼角。

晚上,我妈拿出了一个包袱。我知道,那里包的都是小莺用过的东西。

"你没用过?"我妈笑着对我说,"这还是你太姥给绣的呢!十年前你太姥那针线活,也没几个人能赶得上。"

我老姨伸过头来:"绣的这些是啥讲究?"

我妈抻直那条洗得有些褪色的蓝色板带,抚着上面团团的图案，说："花送彩，果增香，祥鸟吉兽，都是老人的心意呗。"

我老姨拿起背带，端着方正的带兜打量："绣得是好！怪不得奶说她闭着眼睛做也比我的针线活儿强。"

"你不想学学呀？将来自己有家了，还能像现在这样大针不碰二线不拿吗？"

"董向前说了，城里啥现成的都有！"

"你听他说呀！"我妈有些发愣，"你不是和大青子要好吗？"

"大青子没有董向前懂得多！"

我妈拿下我老姨手里的背带："兰芹，这可是你一辈子的大事！咱家得商量了才行，我得给大姐、你大哥和你姐夫都写信！"

"二姐，都啥时候了，婚姻自主你不知道哇？"

"红梅她爸没让她自主啊？"

"董向前可不是艾卫东。董向前根红苗正，人没歪心眼子！"

"红梅的那个人就有？红梅也不是傻子，好坏人分不清？"

"不管红梅心里多放不下那人，可看他出的那事，他就是心眼子不好！"

"你已经跟人私订终身了？"我妈眼看着急了。

我老姨笑起来："二姐啊，看你用的词儿，旧啥样了！告诉你吧，我和董向前是革命的友谊。至于和大青子我得再考虑考虑了，他真不像集体户的知识青年那么先进。"

我妈好像松了口气，说："那我也得写信。在我离开家前，得让你和你二哥都成家才行！"

我老姨抱着我妈的腰,脑袋靠在我妈的背上:"二姐啊,虽说我打小就没妈了,可我有你和奶,心里知足——红梅刚来时,我心里真是别扭她。慢慢的,有她在边儿上比着,我才知道自个儿多有福了,老早以前的那些怨愤也淡了。"

"这样好,老妹儿!"我妈拍着我老姨的手,"红梅给你绣了针线包呢!"

"嗯!"我老姨打开柜子,取出自己的包袱,"这是我托董向前从天津给红梅的孩子买的。"

小莺从炕里扑过来:"我明天跟它玩!"

那是一块绿油油的小毯子,上面奔跑着一只小梅花鹿。它微微地回着头,大眼睛里闪着清晨露珠一样的光彩。我摸着小鹿和它身边盛开的花儿,感觉一种柔柔的东西在小西屋里弥漫着,让我一点儿点儿地懂得了什么是家的暖和。

(三)

蓖麻的叶子上开始有露水了,蓖麻秧的尖儿上还有没成熟的果儿和正在开着的小花儿。但在这茬春秋的轮回里,它们已经无法走完生命的全程了。老去的蓖麻秧被割下来堆在了学校操场的东南角,入冬的时候,它们得给我们取暖引火用。蓖麻特有的气味弥漫在校园里,也沾在我们的脸上、头发上、衣服上,我们的心也被蓖麻味儿熏得有种说不清道不明的劲儿。

不知是谁一声大喊："回来啦！他们回来啦！"蓖麻秧前前后后地散落在了从田里到操场的一道上。

两辆大车遥遥地从小桥上过来了。头一辆车上我二舅扬着鞭子，四青子从车厢板上跳起来，双手高高地举着橘色的篮球在摇晃。

四青子没等大车停稳就跳了下来，数不清的胳膊就伸向了他背上网袋里的六个篮球。许文莲拉我一把，带我去了第二辆车上正往下搬纸壳箱子的郭校长和郎老师跟前。

"上这边儿来点儿人——李景发——"许文莲喊。

李景发一脸不情愿地拖着脚过来了："干啥？"

"没看见啊！咱们得把这些书搬回去呀！你昨天不是还盼着来教科书吗？"

李景发一步一回头地望着四青子的背影："这回咋不叫我跟着去买球呢？"

"就认得玩儿！又不想上公社念书去啦？"许文莲瞪他一眼，小声说。

"想！"李景发背起我们年级的两个箱子。

"哎呀！放下一个我搬——"许文莲和我跟在李景发后面边喊边撵地进了教室。

四年级语文书上的课文明显地长了。我挑着自己觉得有意思的篇目迫不及待地翻看起来：《雁翎队的故事》《小英雄雨来》，还有《国际主义战士白求恩》……这些好像比背郎老师给我们找来的唐诗有趣儿。

"太浅了——"许文莲放下手里的书,说。

我瞪大眼睛:"你都会啦?"

"我现在会都晚了。"

"那你明年就想上公社念初中去啦?我七爷他们同意吗?你要是去,我也去。"

许文莲没说话。

放学回家,我正想把这事儿说给我妈听,但看见我妈正在淘洗红小豆,就一下子把这话儿给抛脑后去了。

"妈——您要做月饼啦?"

"做月饼。"

"给我做几个带花儿的呀?"

"那先跟你二舅锯木头去吧,好刻新模子。"

后园子里,我二舅的脚底下已经有五六个碗口粗的小木段儿了,那是春天的时候一棵总是结不了几个果的杏树被我姥爷伐了,新栽的葡萄秧已经挂起了十几串儿黑紫的葡萄。

我老姨正在离房子后墙三五步远的地方挖沟,我家的后墙上还有我老姨刚用白灰刷上去的大字:深挖洞广积粮不称霸。

"来,小燕儿,帮我挖防空壕!"我老姨从沟里扔上来一把铁锹,"把土往远处倒倒。"

这可怎么办?我跑到我二舅跟前,嘴里叫着:"老姨呀——等我弄完了这些再帮你!"

我老姨擦把汗:"怎么都不知道闲忙呢?你不做好准备,苏修美帝要是来轰炸了,你还咋过节吃月饼?二哥你快点儿整,你要做多少模子呀?"

我二舅使劲地拉扯着手里的短锯:"二姐说,得够好几家的呢。"

"都谁家?"

"老柴舅姥爷家、大青子家、咱自个儿家,还有大丫她们家。"

"怪不得你干得那么起劲儿!"我老姨跳出壕沟,"别带大青子家的!"

"咋?"

"他不同意我上公社参加今年冬天的文艺宣传队,说让马萧萧去。"

"我也不同意你今年再去了。"

"你说啥?"我老姨瞪大眼睛。

"今年冬天红梅在咱家,到时候你不得伸把手吗?啥都指望二姐,得把二姐累啥样!再说,要是姐夫来信说户口办好了,让她们娘儿几个过去,咱不让二姐走?"

"那你赶紧娶大丫过门!"

"这么结婚,你要是大丫心里能咋想?"

"那咋想?我要是大丫就不这么外道。得了,我不去了!"我老姨又跳进沟里。

我把散落在地上的小木段儿归成四摞,每摞五块,正好是一斤月饼的模子。

我把木块儿都抱回了东屋放在我太姥的身边。我太姥拿起这块放下那块:"嗯,画吧,小燕儿!春天是五瓣儿的迎春,夏天是三瓣儿双层的粉莲,秋天是很多瓣儿的黄菊,冬天是六瓣儿的雪花。"

"那这个上头画啥?"我拿起最后一块。

"这个上头啥也不画啦!"

"嗯?"

"这块儿啊,是心里的天、心里的地,也是十五的月亮!画不尽的那些意思就都装在这块儿里头啦!"

从这天起,我家院子里早中晚人们歇息的时候,就总是传出来当当的敲凿声。

刘婶站在墙那边:"贵文啊——等你做好了模子,借嫂子也用用呗?"

"中啊!"我梅姨替我二舅应着。

"啧啧,看你二哥多巧!人家大丫多有福——"隔着园子的墙头,刘婶向我招招手。

"小燕儿,把你梅姨和你筐里的小茄子辣椒叶子什么的给我抓两把过来。"

"你也要腌咸菜吗?"

"老吃你们家的酱咸菜了,今年我自个儿腌点儿,明年我也种这些菜。"

"小丫说社里的菜园子明天要罢园,你上那儿摘去呗!我明天也和小丫去呢！"

"是吗？去的人是不是得挺多？"

"也许。"我想想。

我梅姨把她胳膊上的筐举上墙："不愿意去就别去了。等我再给你在这边摘点儿过去。"

刘婶接过筐："你心眼儿这么好使干啥？"

"这家人家哪个心眼儿不好使啊？就我这么赖着——"

"你还算是挺好命的！"刘婶伸过胳膊拍拍我梅姨的肩膀，"记住我的话啦？赶紧说！"

"我张不开嘴。"

"完蛋！再不说还不晚了吗？闭着眼睛，说！"刘婶接过筐，回家了。

"梅姨，她让你说啥呀？"我怎么听都觉得刘婶的话奇怪。

"不说啥！我啥也不说。"梅姨拉拉衣襟，她来时穿的红衣裳已经被鼓起来的肚子绷得紧紧的了。

中秋节的饼味好像都还在灶间呢，秋收大忙的早饭就已经在天还没亮时开始了。生产队最先安排的事，是让社员先起各家自留地里的土豆。我裹着棉袄一点儿一点儿地咬着昨天没舍得吃的月饼站在我家的地头儿，等着犁杖过来。

"一早没吃上饭？"许文莲跑过来，她穿着我七奶的大灰夹袄，一手拎着一个冬瓜，"下晚别忘了拿回去。"

"你等着！"我跑进我家地里，扭下来一个大倭瓜。

"干啥呀？我又不是来和你换瓜的！"许文莲拍我一下。

"可面了！不信你今晚就让我七奶给烀上！"

"嗯，要不把这个大倭瓜给郎老师？"许文莲看看我。

"给呗！就是今儿个可没工夫去送啊。"

"先搁这儿，我抽空儿去。"

卢喜辰推着犁杖过来了："小燕儿——过来跟垄！"

"那你慢点儿啊，快了我跟不上！"

"我还敢慢？你看这多大一片地等着我呢！"

"家里大人咋没来呢？"许文莲拉拉我的袖子。

我只好悄悄地告诉她："我二舅和我老姨都上公社开战备会去了。老卢太姥今天一早上我家，说那个姓门的猎户今天中午要来，我姥爷得张罗这事儿。还有，我太姥好像伤风了，我妈在给她拔火罐……"

"哎呀！那我先帮你捡一会儿吧！"许文莲和我一起望望扬鞭开犁的卢喜辰。他已经走出去二十来步了，身后翻开的黑黝黝的田垄上，鲜白的土豆在一蛋蛋地不停地滚出来。

我忙不迭地捡啊捡，心里还惦记着家里的事，也顾不得稀罕一下偶尔才出来的几个紫土豆和好看的"红眼窝儿"了。

刘婶家的自留地也和我家的挨着。她跟在刘叔的身后拉着大芒、二贵很是时候地姗姗而来。

"去，帮着捡土豆！"刘婶支使着刘叔和两个儿子，她自己跑到我跟前，问："你梅姨说她不想把孩子给那门家的事了吗？"

我直直腰，告诉她："我不知道啊！"

"嗨！再脸皮子薄，就得难受一辈子了！"她扭身转向地头，脚高脚低磕磕绊绊地跑起来。

"你干啥去啊？一会儿就该蹚咱家地了！"刘叔大喊。

"别管我！起你们的土豆子！"刘婶头也不回地走了。我看着刘婶跑远了的背影和我家地里散乱的土豆，心里一片慌张地盼着：梅姨你可别跟着门猎户走啊！太姥您可得快点儿好啊！二舅、老姨你们得赶紧开完会呀！

我七奶叫许文莲了。犁杖开蹚刘家的地了。我家的自留地里只有我和满地的土豆了。我恨不得生出八只手来忙活了。

午后，我都饿得快啃生土豆了，家里也没有人来。又过了半晌才见刘婶领着小莺朝我走来，可是我已经饿得不知道饿了。

小莺把包着白面饼的手巾包丢给我，就欢蹦乱跳地挑她得意的圆溜溜的大土豆去了。

刘婶高兴地帮我打开手巾包："你妈烙的葱花油饼可真好吃！老门头待一会儿就要走了。我替红梅说了，她不愿意把孩子送给老门家。你妈就同意帮着养了，啧啧，红梅真是好命啊！"

我白她一眼："我妈同意可不是因为你说不说的。"

刘婶红了脸："是，我是站着说话不腰疼。我不是也觉得那样红梅和孩子都更可怜吗？这回好了！就是你妈可得受累了！"

"我和小莺都能帮我妈带孩子，我妈把背带都给我试过了！"

"是吗?"

刘婶接着说:"这可太好了!你二舅他们回来了。"

我二舅赶着家里的小驴车来了,车上有好几个大筐。车后不远是我老姨和我姥爷。

"二舅!你们可来了——"我跌坐在地上,浑身一点儿力气也没有了一样。

今年的土豆长得好,家家户户都起了一大车。土豆既是农家整年的菜,也是农家整年的粮。现在,我终于可以不怕我家的土豆在地里过夜挨冻了,我家还要多一个要吃土豆的小小子了呢!

我歪倒在土豆堆旁边。地上是生产队的几辆大车一趟又一趟地往村子里拉着土豆,天上是青空下大雁排着"一"字形或"人"字形的阵势向南飞,它们不时地发出啊啊的叫声,仿佛在和着地上喧腾的人气。

我太姥前几天总念叨:"一候鸿雁来,二候玄鸟归,三候……"现在,是三候了吗?

太阳好像也在紧赶着往家去。它在西边的天际留下让人炫目的一抹金辉之后,就只留下了长长的彩练和一个美美的背影。从前,我怎么就没在意过傍晚的天边呢?

望着天边的时候,我看见许文莲把地头上的大倭瓜装进了篮子。她蹲下去又拎着篮子慢慢地站起来,一步一步地走着。夕阳的余晖也勾勒着她的身影:有点儿打弯儿的身子,晃在腰间的发辫,一甩一甩的右胳膊……嗨,这个左撇子,连拎筐也用左边儿啊！郎老师说，天生的左撇子和右撇子一样，没什么可不好意思的，也未必要扳过来。世界上有许多了不起的人都是左撇子，他说了一大串稀奇古怪的名字，我只听得一个叫拿破轮子的，就被那名字笑得啥也记不住了。

许文莲记住了很多。有一次她和我说："除了你知道的拿破仑，还有古罗马政治家恺撒大帝，英国女王伊丽莎白一世，法国民族英雄圣女贞德，印度国父圣雄甘地，物理学家爱因斯坦、牛顿、居里夫人，画家达·芬奇、毕加索，还有作家马克·吐温，写《卖火柴的小女孩》的安徒生……太多了！"

要不是累得挪不动腿了，我真想和许文莲一道去给郎老师送瓜。

我二舅说："今天多亏小燕儿了，要不地面儿上的土豆都捡不完！地里剩下的我明天来搂二遍吧。"放下悬着的心，我终于有了点儿爬起来走回家去的劲儿了。

很有劲道的夜风啪啪地拍着窗户，告诉屋里人秋的深度。

我太姥时常在夜里咳嗽起来。过后，咝咝啦啦的喘息就像秋风划着旷野田间已经完全枯黄了的草叶。

我梅姨迈过我的脚边，又起来问我太姥："姑奶——用喝点儿热水不？"

"不用。这是老啦，不中用啦——你可别总起来，我没事儿。"我太姥拉拉我的手，"睡下吧！太姥没事儿——"

高高的太阳黄得倭瓜一样挂在天上，它挤进树间的光线被枝条隔挡得丝丝缕缕。平时寂静的树趟子，因为我们学校的学生都来打树疙瘩捡树枝而喧闹得像要腾空而起的睡龙。

四青子扛来了家里的大铡刀，对着凡是他能够得着的枯枝发起了猛攻。

"这好像就叫摧枯拉朽了！"许文莲仰着头，眯细着眼睛看着呼啦啦地折下来的一根根树枝说。这学期一开头，我们学的第一篇课文是毛主席的诗《七律·人民解放军占领南京》。郎老师讲课文背景的时候说："人民解放军以摧枯拉朽之势突破了国民党军的千里长江防线……"他还在黑板上写下了大大的四个字"摧枯拉朽"。

这学期，许文莲原本想上五年级去念，可是郭校长说她算术还跟不上，没让她去。

那天，她让我陪她去老师办公室，听郭校长这么说，我差点儿乐出声儿。一转出门，我就欢天喜地地拉着她的袖子跳着脚："嘿嘿，我才不愿意你走呢！你上五年级去了，我咋整？"

我头一回看见我小姑难受成这样，她抓住我的手紧紧地攥着，满是哭声地哽咽着："别闹了！你个小屁孩儿……"

"落下的课你都能补上。算术也能，还有半年的时间肯定来得及。这是五年级刚到的书，给你。"也给五年级上课的郎老师满手粉笔末子，追到我们的身后说。

"那您拿啥备课？"许文莲低着头。

"这个，早记下了。"郎老师用食指点点自己的脑门儿，又撸了一把脸。

"这可好了！呵呵——"我一把薅过郎老师手里的书，拉着许文莲，"快跑！"

出了三五步远，许文莲还回着头。她嚷着声儿问："跑啥呀？"

"我怕郭校长出来，再把书给你收回去！你看郎老师啊——"郎老师脑门上点着白点儿，脸上也满是白道子。

"快别笑！"许文莲拉起我，埋头快步回了教室。

李景发本来带着斧子是敲树疙瘩，这会儿，他竟后腰别着斧子甩了鞋，噌噌地上树了！手起斧落间，树枝遇了风暴一般，稀里哗啦地折得满地都是。

"下来！你快给我下来！"郭校长叉着腰，喊李景发。

又一根大树枝像中箭的苍鹰一样一头栽下来，差点儿扎到郭校长。

"李景发，你从树上下来——郎老师叫你！"许文莲高喊。李景发伸头往下看看，哧哧溜溜地下来了。

"谁让你砍树了？唵？你给我狠狠批他——"郭校长指着李景发，又指指赶过来的郎老师。

郎老师向大家招手，说："都过来休息休息，啊，歇歇——把鞋穿上。是个干活的好把式，念书也得有这股劲儿才更好！"郎老师拍拍李景发。

李景发把斧子垫在屁股底下，坐了。

"谁知道咱这林带子打哪儿开头的？你走过多远？"郎老师问李景发。

"到公社。"

"看到头了吗？"

李景发摇摇头："没边没沿儿似的。"

"早先，为了防风沙，咱这儿的人就在自己耕种的小块田地边缘栽树，植成行的林木，不仅能保护庄稼取得较好的收成，还能打窗户做门当檩子。这种自由式林带，在我国东北、华北、陕西、山西、内蒙古等地都能见到。二十年前，那时你们还没出生呢，咱们当时主要是学习苏联的经验，为了改善农田的小气候环境和保障农作物高产稳产，由国家或集体统一规划营造大面积的农田防护林带了。主林带的走向要与有害风方向垂直，你看这林带，有三四十米宽吧，这距离都是按林带有效防护距离来配置的，是不是你走多远看着都是这么宽？路就在林带旁边，跟林带一边长，连着一村又一村，这就是你家山墙上写的'山、水、田、林、路综合治理'的意思。所以，不能像李景发那样，把树给剃头了！"

我明白了。

"就是！你看我削的，都是干枝儿！"四青子看看他的大铡刀。

"知道了！一会儿还打疙瘩呗——"李景发抹奔着眼皮。可是只一瞬间，他就又圆起了眼睛凑到郎老师跟前，"哎，郎老师！《林海雪原》今儿个还念不？"

"柴火够了能早回去，当然就念。"

"那还歇啥歇呀！"李景发跳起来，拎上斧子奔树疙瘩去了。大家也一哄而散地又去干活了。

"你愿意当小常宝还是当白茹？"好几天前，我就想问许文莲这话。

许文莲一甩辫子："我跟我妈到这儿八年了，有啥是我愿意就成的呢？你想当谁那样的？"

"白茹！"

"你这就是郎老师说的，有理想了吧？"

"那你的理想呢？"

许文莲又眯起眼睛："等我再想想吧！我小时候最喜欢跟我爸写大字，可——走吧，人家都干上了。"

当我们背着树疙瘩扛着树枝回学校时，家家户户烧晚饭的炊烟已经冒出了烟囱。一团团的白烟带着农家的日子，被风吹得歪倒着飘进了深秋的天里。

"完！今天是念不成书了！"四青子一副丧气的样儿。

李景发瞪着他说："还不怨你！拿个破刀还不带磨石！"

"怨我呀？我这破刀不比你的斧子赶劲儿？"

"我还上树砍下那些树枝子了呢！"

"还提那茬儿，你破坏国家防护林还没批斗你呢！"

"你？批斗我？"李景发指指自己的鼻子尖儿。

"不是不是！我说着玩的。前天，集体户的人找我哥在我家开会，他们说，要批斗什么什么——"四青子小声起来。

"批斗啥？批斗谁？"李景发大声豪气地问。

"好像要斗私批修——"四青子颠颠背上的树疙瘩，四下看看又大声起来，"我有个秘密告诉你！他们说要请县里电影队来给咱村放样板戏！就演《智取威虎山》！"

刚才还无精打采的队列，这会儿像年夜被挑起来点燃的一串儿小鞭儿，从中间断了滚在地上也噼噼啪啪地响个不停。

"看电影啊？"

"演电影喽！"

"响——叭！叭！下山啦——"男生们跟着李景发。抽出树枝当了长枪短枪，虚演着子弹横飞的一个又一个场面。

"学土匪干什么？没好人学了吗？唵？"郭校长在后面喝道。

"我太姥说，胡子最招人恨了！他们干啥放着好人不当要当胡子呢？"我对许文莲说。我看过《智取威虎山》的小人书，和浓眉大眼的杨子荣比起来，栾平啦、一撮毛啦，实在太让人恶心了。

"等着问问郎老师，一样的人，为啥走的道儿那么不一样呢？"

"人是一样的吗？我看可不是！"杨小丫接着许文莲的话茬。

一样吧，都是爹妈父母养的，都一个脑袋两条腿。

不一样吧，人和人不同的地方，到处荡着见识万千的秋风能拂清吗？

冬

（一）

由越来越冷的西北风引着，雪花说来就飘飘悠悠地来了。

我站在大门口望着望着，觉得雪花飞扬的天地间，我二舅背着行李，由大丫送行，领着村里的十几个壮劳力去县里参加冬季兴修水利会战的景象很耐看很美。

其实，那美美的是心思，是我从大丫的笑脸上看到的。大丫拿过我二舅拎着的网袋，里面一个鲜红的新脸盆比天上的太阳还耀眼。

那是大丫昨天送过来的。

我二舅说："常过来看看，帮帮二姐。"

"还用你提醒！"大丫瞟我二舅一眼，低着头慢声说。

"那我啥也不说了。"

"本来嘛！"

我太姥挺起还很虚弱的身子，说："这时候的女人，心都花骨朵一样啊。"她呵呵地笑了两声，好像在梦里似的。

我也像做梦一样，等着那场已经盼了很多天的电影。每天放学，听着破犁铧的响声都格外清脆。冲出教室的第一件事，是去把篮球架子前面被李景发们踢走了的大小石头再捡回来,占上位子,谁知道电影队不是今晚就来了呢!

又是一个很冷的早晨。我太姥拉住我妈给她擦脸的手:"昨晚,我梦见你爷了!真真的样子,还那么年轻呢,我可是都老得挪不动手脚啦。他一个劲儿地催我呀,好像是让我领你大爷他们几个孩子快出城,又好像是让我领你兄弟回家!我还看见贵文了,贵文和你那个没了的大爷可真像啊,一个模子刻出来的那么像,我搂着你没了热气儿的大爷哭,那个哭哇!贵文就在我身边说:'奶呀——领我回家吧!领我回家吧!'我就去拉贵文,拼了命地拉呀拉——"

"这是啥梦啊?"我梅姨的眼睛里突然一片闪亮的水光。

"说啥呢?都别迷信巴拉的!快弄饭吧,我得出去——"我老姨还没出门,卢喜辰就闯进来了:"快去人上县里,医院!贵文——让坝上滚下来的大石头给砸了!"

"人咋样啦?啥时候的事啊?"我老姨立刻喊起来。

"抢救呢!大青子他们都在那儿准备献血呢!昨晚夜战。我连夜跑回来报信的!"卢喜辰喘得像个风箱,"赶紧的呀!"

"你去场院叫爸,和爸一起先走!可千万别说重了。"我妈跟跄着奔去西屋,回来时递给我老姨一个布包,"砸锅卖铁咱也要保住你二哥,快去!我这就出去张罗钱!"

我老姨和卢喜辰跑了,他们身后是我家大敞四开的屋门,冷风顿时灌满了屋子。

"看好家!"我妈说。

我抹干眼泪点着头。

"燕儿啊——放桌子!吃饭——"我太姥不知什么时候坐起来了,大声地叫着,"给小莺穿好衣服领我这儿来。一会儿吃完饭你上学去!"

"太姥——我今儿个不去了!"

"去!家里有我和红梅呢,不是吗?"

背着书包,我心里想着得去学校,可是脚却拐进了杨家的门。

"哎呀!小丫走了!你快跑兴许还能追上——"小丫她妈笑着说,"快跑吧,可要晚了!"

"我找,我找——小丫她姐。"当着小丫她妈,我不知管大丫叫啥好。

"咦?你找大丫?啥事?"

我的眼泪再也忍不住了:"我二舅,我二舅——受伤了!"我说着卢喜辰的那几句话。

大丫从里屋奔出来,手里还攥着没编完的大辫子。她哭道:"死卢喜辰,咋不来告诉我——"

"告诉你干啥?"

"我这就收拾东西去医院!"大丫扭身回屋去了。

"你消停点儿!你算他张贵文什么人啊?你去?"

"妈——您咋能这样?"

"我咋样啦?你没吃他的也没喝他的!咱家也没收人家礼

钱！你个没心肝的！我这是干啥？还不是怕你以后不好找人家儿！还没过门男人就出事了，真要是残了废了，你可咋整啊？"我的身后是大丫的哭声和她妈的骂声。

中午放学的时候，全村人就都知道我二舅受了重伤生死不明，也知道了杨大丫跳院墙跑出家去了县医院。

我心里像压着块大石头一样难受，背在身后的书包啪嗒啪嗒地随着猛跑的脚一个劲儿地拍着屁股，像是淘孩子气急败坏地赶着慢脚牛。

跑进院子，一眼看见小莺在井台上压水。她的整个身子都扑在了井把上，井把依然高高地翘着，没有流出一点儿水来。

"你干啥呢，小莺！小心别摔下来啦——"我连忙跑过去，井台上的薄冰把我滑个大踉跄。我一把薅住水桶，就连桶一起叽里咕噜地倒了，还连带着小莺也从井把上掉了下来。

我懊恼地爬起来，又去拽小莺："你就淘吧！你就不能让大人省点心吗？"

"我没淘！我在帮妈压水！妈说要烧两大锅开水，缸得满着才行呢——"小莺拍拍膝盖。

"磕疼了？疼得厉害不？"

小莺摇摇头，说："妈请老卢太姥去了，梅姨要生小弟弟——"

我听罢转身跑进屋，刚到门口，就听见梅姨一声连着一声的呻吟。

这是让我心惊的声音。它就像岩缝里的泉水被巨大的力量挤了出来,时大时小,时长时短,却汨汨不能断绝。它有被挤压的强烈伤痛,也有出来后的一丝畅快;有黑夜里漫无边际地流淌着的惶恐,也有就要奔到了天明的期盼。

我呆呆地站在外屋。我不曾想哭,眼泪却已经热热地滚过了我冰凉的脸颊。

我终于明白自己该干啥了。

我掀开锅盖,把两口大锅都加满了水,点上了火,再教小莺拿着火叉看住两个灶口往里填柴草。然后,我再出去引井。压井就像老牛,身子沉沉的不想动弹。我使劲地托起井把又拼命地压下来,井膛里开始有了吭吭的声响,终于提上来了清亮的水花。水花旋了几圈,又招上来了更多的水流,当水流灌满井膛,它们才哗哗地淌进铁桶。这时,井把也像被水滋润过了一般,不再如刚才那般滞涩难提了。

不一会儿,水就大半桶了。我赶紧放开井把,去提水桶。几次三番,大半桶水倒进去,大水缸才又漂起了水瓢。

"小燕儿——咋你拎水了?"那院刘婶的脑袋伸过墙头。

正在这时,我妈端着老卢太姥的胳膊,拎着一个包袱推开了院门。她们急急忙忙地进了家。

墙那边一阵乱响,刘婶的脑袋也从墙头上消失了。

我又拎起满满的一水桶。原来人的力气可以这样快地长起来,就像七月拔节的苞米,或眼下在风里滚动的蓬蒿球。

"你来了,就好啦!"我太姥定是拉着老卢太姥的手说着。

"好！好！好哇！"老卢太姥踢了脚上的大棉鞋。在她热气腾腾的话音里，接上了噗噗的两声闷响。

"大声叫唤——别憋着！喊得地动山摇才好——"老卢太姥嘎嘎大笑起来。

"一会儿再吃一顿儿！小米稀饭卧鸡子！你就攒劲儿吧！刚要团巴团巴猫冬，你就给我舒开老筋了，多是时候——得！今年你们家过年的猪头归我啦！"立时，家里从清早到现在一直打着旋重重地压在人心头上的气息，开始慢慢地升浮起来。

小莺抹着鼻子头上的汗，也望着我笑了一下。因为才会烧火老往灶膛里望，她的小脸被灶火烤得红红的，还有一道浅浅的草灰蹭在脑门上。

我把她揽在身前，伸手去擦那道浅浅的草灰。

我们都在成长，小莺好像长得更快些，过了这个夏天和秋天，她已到我胸口这般高了，而且以前圆滚滚的胳膊和身材开始变得高挑起来。

擦着这道草灰，我心里滚过一波难言的热浪：我妹妹，小莺她现在已经不是一天到晚只知玩耍的那个小孩子了！

"小莺——累不？"

小莺摇摇头。小脸上挂着的浅笑里，已不再是往昔不管不顾的童真。

厚厚的门帘一点也挡不住东屋的动静。过了一阵听不太清的絮语，就听见我梅姨的呻吟一阵比一阵紧迫。

小莺拉着火叉奔到我身边："姐！我害怕——"

我在围巾上擦擦出满了汗的手心，去握住她的小手："小莺不怕，姐在你跟前儿呢！"

"我怕，我怕梅姨会死！"梅姨的声音像是锥子，一下子一下子一阵阵一阵阵地攮到人的心尖儿上。

我的牙关咬得紧紧的，但还是一点儿也不能止住心房的颤抖。

锅里的水开始哗哗地响，水汽慢慢地从锅沿边上挤出来，渐渐地弥漫在整个灶间。我好像看不清小莺的面容了："小妹儿——"

"姐！"小莺一下子抱住我的腰，"姐！我不稀罕梅姨肚子里的小弟弟了！他坏——"这时梅姨冷不丁一声大叫："妈呀——"

我猛地出了一身冷汗，小莺把我抱得更紧了。

柴火烧到了灶口，我慌乱得忙去踢去踩。烟气和着水汽堵得心里难受，熏得眼睛也睁不开了。我就要张口喊了："妈——"

门忽然大开："我的天哪，这是咋的了？"

冷气也跟着刘婶跑进来，赶走了屋里白茫茫的一片。

她捡起地上的火叉，把残余着火星的柴火填进灶里，递给我一块卷着的红布，说："这里的活计我干吧，你俩上西屋去待着。看你妈忙得把你们都当大人了。"梅姨的叫声又高了起来，她望了一眼东屋的门帘。

"要不，你领小莺上我家去玩一会儿？那俩小子哪有你们姐俩懂事,让我别屋里了,说是让他们搓苞米,还不得弄得满地满炕都是啊,你去帮我看着点儿——"刘婶对我说。

心里的惊恐和小莺白白的脸色,让我不再犹豫。我拉起小莺的手。

"去吧,快去吧!把门外头的插销拔下来,门就开了。"

屋子外面冷冽的风一下子就逼透了刚才还汗津津的闷热的衣裳。我梅姨的声音像是追赶了出来,可还是渐渐地落在了我们的身后,我听得她最后一声那悠长的呻吟里有个颤颤的震响,像手里的锣槌无力地滑落到了锣面上,那是一个人名:"艾卫东啊!"

不知道是从什么时候开始下雪的。今年的雪好像比往年勤,刚入冬就下三场了。

雪是散散的小颗粒,铺在地上薄薄的一层,像是撒在大酱缸面上的盐花,能被土地吃进去的样子。

眼前的院墙,近处的草垛,不远处的房子,远方的林带,它们都安安静静地站在雪里,好像在聆听着什么似的。冬日村子的午后没有夏日此起彼伏的鸡鸣,零星的几声狗叫拖着拐了弯的长音,越发显得孤单和了无生趣。

"二贵——"小莺对着刘婶家对开的黑色小屋门喊了一声。

屋里,一阵踢踢踏踏的动静。

我拔下插销,看见大芒和二贵挤在门口张着大眼望着。因为屋地是下挖式的,门槛子就显得很高,门槛里的大芒二贵像是矮了一头似的。小莺急着要进去,穿着厚实的棉裤可是挺费劲地才翻过了门槛。

我是头一回来刘婶家。刘家的两间小房子,一间外屋是灶间。灶间除了房门,只有灶台南边有个糊着旧纸的小窗户,微微的白光照出柴堆和水缸的轮廓,北墙边上垒着一排土台子,上面摆放着几件家什。

进了住人的里屋,只见地上堆着满地土豆,炕梢码着几床旧被褥,炕头上堆着大半炕苞米。一股土豆带来的泥土味儿好像要把人领回到田里。

小莺跟着二贵转眼间爬到了炕上,俩人拿着苞米棒子闹闹吵吵地对打起来,弄得苞米粒子在他们的笑闹声里满屋飞。大芒则有些怯生生地问我:"我妈呢?"

"你妈得等会儿才能回来,多亏你妈过去帮我家忙——"

大芒这才笑笑。我发现大芒一笑,眉眼弯弯的,脸上还有两颗深深的酒窝,真是很好看。

我拉住小莺:"别光顾着闹!快坐下搓苞米,看咱们几个谁搓得多。我还给你们讲故事——"

"真的呀?"小莺扬起眉毛。

她央叽好几回了,让我给她讲故事,我都没答应。倒不是没有工夫,只是她总打断,然后瞪着眼睛问:"为啥?"我哪里能答出那么多为啥。比如,听我给她念《一块银元》,她就满脸气愤又眼泪汪汪地问:"老地主可真坏!为啥?"

"讲《南瓜生蛋的秘密》啊?"小莺拉住我。这学期郎老师买回来十本小人书，前天这本《南瓜生蛋的秘密》才轮到我看，小莺凑过来问，我就告诉了她书名，没想到她还记得这事。

秘密，都是能吸引人的，更能吸引小孩儿。小莺今年很热衷的一件事就是盼望母鸡生蛋。她常常等母鸡咯咯嗒嗒地刚从窝里跳出来，就把热乎乎的鸡蛋拿在手里，然后高声喊："妈——又一个！鸡蛋筐就要满啦！"

南瓜还生蛋？她怎能这么快就忘了？

于是，我们四个围着苞米堆坐下，一边搓苞米一边说着听着："星期天，炊事班的伙房里很热闹。刀碰菜板乓乓乓乓，封匣鼓火呼呼嗒嗒。突然，炊事班长'哎呀'一声惊叫，大家吓了一跳，都以为他把手切了。同志们围过来一看，原来是南瓜里有一窝鸡蛋。滴溜骨碌滚了一案板。炊事员小张惊喜地说：'嘿，南瓜还能生蛋，真新鲜——'……"

故事情节在苞米粒子的哗哗啦啦和亮晶晶的三双黑眼睛的闪动里进行着。我讲得很起劲儿，谜底就要揭开了！正在这时，房门噼里啪啦地响了。大芒喊了一声："妈——"可是没有刘婶的应声。但转眼间就进来了五六个人，我认出他们是集体户的知青。

最先进来的马萧萧指着大芒问："你妈呢？"

大芒低着脑袋躲在我的身后，小声说："没在家。"

"上哪去了？嗯？是不是听到什么风声，跑啦？"马萧萧又厉声问。

大芒的脑袋埋得更低，身体瑟瑟地抖起来。

"你们有什么事找刘婶啊?"我壮着胆子问。

马萧萧环视着,看刘家的屋里实在没有什么可以躲人的地方,就瞪着我说:"跟你说不着。走!"

他们又呼啦啦地走了。门在风里呱嗒呱嗒地扇呼着,一股寒气灌进来,让人不禁直打哆嗦。

小屋好像立时黑了起来。

"姐——"小莺过来抓住我的衣襟。

"我饿——了——"二贵也爬起来,苞米粒子像珠子似的滚在身下,又差一点儿把他滑倒。

大芒拉住二贵:"锅里有烀土豆。"

"我不吃土豆了!我要吃饭!我要去找妈!"二贵下了炕。

我好不容易摸到小莺的两只鞋帮她穿上。

天上飘着稀稀拉拉的雪花。我们四个相互拉扯着,鼓着一口气跑进了我家的院子。只听"哇"的一声婴孩的啼哭,像从天地里爆出来的一样,凝住了我们的脚步。

"哇——哇——哇——"这婴孩一声声的哭里,有一种说不出来由的劲头,让人听上去觉得心里像是张开了一蓬迎风的帆,鼓胀胀的,神思也被牵得好似要去高远的天边。

雪花旋舞着落到身上。我扬起脸,一片又一片清凉落在滚烫的心里:高声大哭吧!我太姥说人都是这样来到世间的!都是!

今天西屋的晚饭,是鸡蛋卤的白面条。

我们四个不仅吃光了碗里的，连瓷盆里的面汤都喝得干干净净了。

我妈拿来装着红蛋的小筐："给你们喜蛋！"

小莺扑过去："妈——给我两个行吗？"

"都两个！都两个！"连大芒都自己伸手去拿了两个。

老卢太姥的笑声也顶开门帘子钻了进来："瞅这小东西，多俊！呵呵——"

"妈，我想过去看看梅姨的小孩儿！"那婴孩不知什么时候不哭的，可是那"哇哇"的哭声一直还在我心里盘旋着。

"我也要看！"小莺一手握着一个红蛋，挤到我前边儿。

"都去看吧，可得轻手轻脚的——"

东屋里，炕头上躺着的梅姨睡着了，她的头发软软地搭着，好像是被秋霜打过的细草。在她身边多出来的一个小褥子上，放着蓝花布的小被子裹出的襁褓。我太姥和老卢太姥在炕上盘腿围着那襁褓，刘婶坐在炕梢上染着红蛋。

老卢太姥把小褥子拉到炕边上，拍拍扁扁的小枕头："看看，看看！看看小妹妹！"

刚出世的小孩儿竟是这么小！她红乎乎的有些发皱的小脸上，眼睛紧紧地眯着，小小的嘴巴微微地嘟着。

小莺抻着脖子看着，问："不是小弟弟吗？咋变成小妹妹了？"

老卢太姥点点小莺的鼻子："小妹妹比小弟弟跑得快，小妹妹来了，小弟弟就给落下啦！"

刘婶笑一下："我们敢情都是这腿脚快的！"

"那是！"老卢太姥拍拍自己的大腿，"挣命,挣命！说的是啥？不就是那时候吗？那时候不挣命的，哪还有现下有命这一说？"

"不挣也罢，挣来了也不是什么好命！"刘婶握着一颗染了一半儿的鸡蛋，发了一会儿呆。

两团冬雪一般的脑袋慢慢地顶在了一起。透过窗户纸的光亮，好像在轻轻地抚摸着那种净白，也拌着满屋子的生命气息照亮一句轻轻的却能沉到人心底的苍苍的声音："傻话！"

"放电影啦——"

"今晚来放电影啦——"从远处飘来的喊声刚到耳朵，就立刻拉直了我们几个孩子的眼光。

二贵大叫："妈！演电影啦！"

"小祖宗啊——"刘婶紧忙间只捂住二贵半个嘴，"你吓着孩子了——去吧，都去看电影。跟着小燕儿姐姐——"

我们蹑着脚走出房门，还没等出院子就跳了起来："看杨子荣去喽！看座山雕去喽！"

"看小常宝去喽！"我搓着手弯成喇叭形，也大喊了一声。

学校的篮球场上，已经来了很多人。平时的砖头瓦块儿，有不少已经换成了高高低低的板凳子。

眼见着许文莲在向我招手。

"你可来了！再晚点儿这块地方就要守不住了。你没带凳子？"

"我、我忘了！"

"行！没忘了姓啥吧？"

"我赶紧回家取去！"

"等你回来都得开演了！"许文莲看一眼篮球架子那边，眼见着李景发爬上爬下地帮着电影队往篮球架子上挂银幕呢。

"那咋整啊？"

许文莲拧着眉头，望向西边，说："找郎老师借吧！他屋里有两把新椅子。"

她又叮嘱小莺："占住了地方！要是有人往这儿放凳子，就说有人啦！"

在郎老师的小屋里，我一眼就看见了那张白茬的课桌和同样白茬的两把椅子。

"郎老师！您咋还不吃饭呢？一会儿开演了。"许文莲看着桌子上对扣着的两个饭碗说。

"我看完这几页就出去。"郎老师折一下书页，看了一眼操场那边，"人可不少！咱们真是需要文化生活啊！"

"全村能来的都会来！"许文莲说，"地方老早就占好了，顶中间。想借一把椅子给弟弟妹妹坐，另一把也拿过去，我们给郎老师留着地方呢。"

"不用不用！我在后面站着看就行！"

"反正给你留地方了！"许文莲说完拉我一下，我俩就一人端一把椅子跑出来了。

"真沉！"不一会儿，我的胳膊就酸了。

"榆木做的椅子腿，能不沉？"

"我七爷给做的？"我气喘吁吁地瞪大了眼睛。

许文莲点点头："我大说，郎老师是真心想让我能有有出息那天的人。他说他也没别的，就只能用自己的手艺活谢郎老师了。"

我在心里长长地出了一口气。为许文莲，也为我七爷。

从学校操场到郎老师的小屋，又从郎老师的小屋到学校的操场，轻薄的雪地里留下了去时匆匆，回时也匆匆，但明显加了分量的几行脚印。

还有星星点点的雪花不时地飘落。但是，它们还没等飘到地上就在人们的喧腾声里融化在半空了。

陆陆续续有大人挤进孩子堆儿里，坐在自家孩子先前搬来的板凳上。

星子慢慢地跳出来几颗，不长时间已是满天的星斗。挂在篮球架子上的汽灯漫出淡黄色的光，映着踏满了脚印的微雪的地面，也浸进大幕天穹上高悬着的圆月的清辉。我坐在放倒的椅子腿儿上，抱着小莺，望着那一圈儿又一圈儿的微微黄光，看它像飘动着的光环一般离我忽而远些忽而近些。

"我二舅不知怎么样了。今天，我家所有的大人都不能来看电影了！不知刘婶过一会儿会不会来。"

我看看离我最近的许文莲。她一手抱着小弟弟，一手搭在立着的那把椅子的板面上，眼睛则一直望着郎老师的小屋。小屋还闪着豆点一般的光亮,牵着许文莲轻细的一声叹息,如高天里的一线风摇摇地吹向了远远的星辰。

远处,忽然有咚哐咚哐的锣鼓声像闷雷从天边滚来一般,传到人们的耳朵眼儿里。我回头张望,看见身后已经站出了黑压压的人群,学校的整个操场已经要进满人了,大门口还有陆陆续续赶来的。

锣鼓声也越来越响了。我的心里也像被埋进了一面一起敲着的小鼓,每一次击鼓都是一下重重的心跳。

(二)

人们忽然开始拥向了锣鼓声。几道笔直的光柱射到人群里,晃了几圈之后闪电般收了回去。

拥过去的人越来越多了。我和许文莲张皇地站起来,望见的却是一片黑乎乎的前倾的背影。四下里喧腾的人声变成了令人心悸的喊喊嘶嘶,好像是万万千千的马蛇子在切齿,似要撕开天幕一般。

"这是咋的了呀?"我望着许文莲。

就在许文莲刚一摇头时,不远处传来了嘹亮的声音:"社员同志们!社员同志们!大家静一静——大家静一静——今天,我们不仅要看革命样板戏《智取威虎山》,还要学英雄见行动!我们要像杨子荣那样,敢于向牛鬼蛇神做最坚决的斗争!二队的牛鬼蛇神之一，就有她！这个丁彩云！你们看——"

刚爬到椅子上的大芒还没站稳，又差点儿从椅子上倒下来。

我放下小莺站上了椅子。身边大芒瘦削的身子像挂在树梢上的一片孤叶，在风里瑟瑟地抖着，几乎就要被刮落了。

我从人们的头顶望过去——几个男青年正往教室前面的主席台上拖拉一个女人！虽然披散的头发蓬乱地遮掩着她的脸，我还是从那件小暗红花的棉袄上认出了她——刘婶！我们出门前，她不还坐在我家炕梢染喜蛋吗？

一道光又簌的一下照在她拼命挣扎的身上。那是马萧萧双手持着三节电池的大手电筒："大家看！丁彩云——她偷生产队的苞米，我亲自抓住过的！这个道德败坏、死不要脸的烂女人！整天游手好闲，偷东摸西！她就是这个——破鞋！"马萧萧扯着挂在刘婶脖子上的绳子，绳子头上拴着甩来荡去的两只灰颤颤的白球鞋。

"丁彩云——她原来叫彩云啊——"

这是村里男孩做梦都想有的球鞋啊！它们原来都好好地穿在集体户男知青的脚上！哪里有这样烂脏的一双啊？

"我不是——"刘婶昂起脔子，叫出了嘶哑的一声。

"批倒批臭大破鞋丁彩云——"马萧萧举起拳头。

"批倒——"

"批臭——"

"批倒——"

"批臭——"

刘婶真的一头扑倒了。还有大芒。连着椅子的倾覆,我一怔一晕眩的瞬间后就是从头到心的疼痛!

"有错可以批评,但你们不能侮辱她的人格呀。"我听到了一个熟悉的声音,那是天天给我们讲课的郎老师。

可是,这个声音就像是一颗孤孤单单的石子,落进了从刚开闸的水库冲出来,在河中翻滚着打漩儿的大水头里,转瞬间没了影声。

许文莲推开我的脑袋,猛地抄起椅子:"快去前边!"她的四只椅子腿朝前,豁出一条人中小路。我紧紧地拉着小莺和大芒,后面拥着二贵和我的三个小叔叔。

郎老师的脸上带着一条紫红的血痕。

马萧萧正指着他的鼻子:"老右派!劳改犯!你怎么这么向着这个烂女人啊……"

"你不是人?你不是女人?"许文莲冲到马萧萧跟前。

马萧萧一愣。她紧紧地抓着手电筒,照着许文莲的脸:"真是阶级斗争一抓就灵啊!正想着要找你呢,你倒是迫不及待地跳出来了!都跳出来吧!右派分子的狗崽子,真是改不了吃屎哈!就知道你也是个和老右派穿连裆裤的小破鞋……"

我被挤在台子边上,满耳都是小莺他们的哭叫。马萧萧的恶言恶语恣肆地和她身边的那些人赳赳地团成一片,泛着黄绿色的光,就像是在暗夜里盛开的恶草——狼毒花!

我的手扑在台子上,狠狠地抠抓起和着雪的冰冷灰土。

许文莲手里的椅子已经向马萧萧飞出去了。

刘婶晃晃悠悠地搂住大芒:"天哪——我这是哪辈子作了大孽啊——"

马萧萧和她身边的人抡起了手里的腰带。混乱里,我拼命地抓土,向那片黄绿色扬、扬、扬——直到我挨了闷雷般的一击。

这成了一个带编码的事件——"11·22"。

老胡家那天出面护着许文莲和我的亲戚们,在知青的指认下都受到了惩处。轻些的被扣了多少不等的工分,重的被大队办了学习班,更重的正在挨村被游斗。

郭校长到班级让许文莲和我写检讨,还有那天拉偏架的四青子。

四青子说:"写啥呀?不就拉个偏架吗?是亲向三分咋啦?"

郭校长拍着桌子瞪着眼:"你闭嘴!这是村里人打架这么简单的事吗?嗯?写完赶紧交给于老师!"郭校长背着手快步走了。

上午放学时,我们仨被于老师留下了。于老师说:"快写!不写不行。"

四青子苦着脸:"我都快饿毛了,还得在这儿写这破玩意儿。"

我想了好一会儿,写道:"我不应该拿土扬他们,可是,手边儿没别的,只有土——"

身边一声重重的叹息:"有别的你想咋样?也想像许文莲那样用椅子砸他们?"于老师放在我们每人面前一张纸,"快抄上吧。"

他看一眼许文莲:"郭校长给你们找个好老师来容易吗?都这么不懂事!"

许文莲身子抖了一下,她缓缓地拿起笔,伸手把于老师放在桌面上的那张纸顺过来,前倾着胸脯俯下脑袋,只一只手腕搭在桌子边上,慢慢地写起来。

我抄写着:

检讨书

11月22日晚,我本来是到学校看电影。但因为平时没有好好学习马列主义及毛泽东思想,政治思想觉悟不高,一不小心参与了那晚破坏知识青年批判"地富反坏右"牛鬼蛇神的革命活动……我的做法让亲者痛仇者快,起到了阶级敌人想起而起不到的作用。我错了,大错特错!今后,我要好好学习……

"吧嗒,吧嗒——"我回过头,看见许文莲的眼泪一颗连着一颗地摔碎在本子上。

"抄上得了!哭能咋的?等我把死耗子扔到他们屋里,把狗屎抹他们窗户上!你别憋屈了,跟那个姓马的生气犯不上!董向前跟我哥说她就是想显积极,好最先提拔上去脱离农业劳动什么的,然后就能快点抽回城里。"四青子呼嗒着手里的两张纸,"我走啦!我饿得前胸贴后背了。"

四青子走了,教室里一下子安静得没有了任何响动。

"你说,郎老师不会有啥事儿吧?"

"和郭校长一块儿去公社，还能有事儿吗？"

许文莲抹把脸，笔头唰唰地一阵快写。

于老师大步进来。他皱着眉拿起抄写的检讨书看了看，一边转身急匆匆地出去一边说："赶紧回家，这些天除了上学哪儿也不要去，兴许会有公社的领导来找你们了解情况！"

学校操场上大大小小的砖头瓦块已经被清理干净了，再加上这两天的小雪，前天纷乱的迹象，在地面上是没了。

因为没有看上那场盼了又盼的电影，我的心神好像还在灰苍苍的天地间寻找着，一时半会儿不能从那种盼望里转回来。

树梢踏着树枝，树枝摇着树干。几只寒鸦被风刮乱了翅子，斜斜摇摇地扑进了树丫上黑黢黢的窝。

我赶紧窝下脑袋顶着这阵严寒的风。

许文莲抖抖地拉住我的手。她的眼睛蒙了云翳一般望着不远处的小桥："你说，郎老师还能回来教咱们吗？"

小桥上，郭校长和郎老师一前一后地过来了。一顶黄毛的狗皮帽子几乎盖住了郭校长的脸。郎老师还是穿着那件泛白的黑大衣，立起的衣领软软地堆着。风像长了手爪一般，薅抓着他的头发要抛向空中，于是那黑黑的头发就像火苗的样子了。

一群大大小小的蓬蒿由远及近，它们借着风势你追我赶地滚滚而来又滚滚而去。

天地间只有风声。

风声里夹着的灰土扑得我满身满脸睁不开眼睛："老天爷呀，

我再也不拿土扬别人啦！我错了还不行吗？您可得让郎老师回来呀！"我背过风哀哀戚戚地哭起来。

许文莲松开我的手，她挺直了身子："老天爷！要是我错了，你就罚我吧！下一场大大的雪，挡住他再去劳改的路，让他别再遭罪了！"

我太姥给红梅的孩子取了名字，叫雪儿。

我太姥看着我梅姨说："那日赶着小雪儿的节气，天上也下着小雪儿。雪是好东西呀，正和你这束干枝梅。有了她，你就不是干枝儿，是能落地生根发芽长叶的一棵树了！你看那院老刘家的——做女人，有啥没啥？有孩子就啥都有了，天性管着呢。没啥？有孩子了，那些乱七八糟的心思就没了。"

我梅姨也望着我太姥，她抱起雪儿说："姑！我好像来奶了！"

我梅姨刚刚解开衣襟，雪儿的小脑袋瓜竟然就蛹蛹咕咕地往里钻。一阵奋力的吮吸，让她那半边露在衣襟外的小脸都红嘟嘟的了。

"哎哟——小雪儿！这孩子！"我梅姨的惊唤声里，透着一股黏黏腻腻的温温的奶味儿。

我太姥抚掌笑道："这就是亲娘儿俩啦！"

一片踢踢踏踏的脚步进了院子，我太姥点着我："快去看看，是不是你姥爷他们回来了！"

我一边惊异我太姥的耳朵灵一边跑出东屋,瞧见的却是马萧萧一伙人穿着前天晚上的草绿服装,戴着红袖箍腾腾地来了。

"听着,我们要批斗柴红梅,让她滚出来!"马萧萧指着我妈,"你们藏匿坏分子,让她在这儿养活私生子!也该批判——"

我妈堵在门口:"她才生孩子三天,不能出去!"

"谁让她生孩子的?喊——还有脸说了!"

我妈擎着门框的手在哆嗦,她指着门上"军属光荣"的牌子说:"她就是不能去!我们家是军属。"

"她不是!甭想给解放军抹黑!"

"我是不是?今天,你们休想把她带走喽!那天你们招呼老刘家的出去,说问个事就问出那样的勾当。要是还想胡作,你们就从我这把老骨头上迈过去!"我太姥晃着身子出来,挂着手杖杵着地。

马萧萧立一立眉毛:"别拿军属的牌子和一大把年纪来压人!我们正调查呢,谁敢说你不是漏网的阶级敌人?等我们调查清楚了,你们家就不是光荣的军属了!那是什么呢?东北的冬天真漫长啊,我们有的是坏分子要批斗,也有的是时间去调查,等着咱们算总账吧——还有什么民兵连长妇女队长之类的,统统一块儿批!"

马萧萧们刮旋风一样地走了。在他们身后,是苍然倒下的我的太姥。

午后,学校停课了。

老卢太姥连同从她家里搜出来的两个大包袱一起，被揪到了学校的主席台上。

"再让你装神弄鬼！"马萧萧指挥着她的人，把萨满神衣穿套在老卢太姥的身上。老卢太姥很顺从，她弯腰拿起神帽，吹吹上面的尘土戴在头上，又左手拿起太平鼓，右手拿起鼓鞭，眼睛遥遥地望着，望着……一阵黄风打着旋地扑来，卷起满天灰土，台下被召来的大群村民发出了一片惊呼。

大风过后的主席台上，老卢太姥已是盘腿坐在了台子的西北角上。她双眼半睁半闭，好像刚从睡梦里醒来一般打了几个哈欠后，突然神衣的大袖凌空一飘，鼓声就像打在百年棺木上的冰雹一般，发出了一阵令人全身惊凉的爆响。

人们在这阵轰顶的爆响里呆住了。只见一个灵动的身形翩翩起身，腰铃声像平阔巨湖上左右铺开的两道波浪，撞开了人们的眼帘。她在鼓声里跳跃，她在鼓声里吟唱。那无词的吟唱，音调又深又沉，深得像是滴水千年长满了青苔却永远都走不出来的古洞，沉得像人们无论如何都抬不起来的压在心上的巨石！置身在那样的古洞里，你必得俯下身子，用温热的手指去摸你脚尖儿前的寸土，看它能不能托住你。你必得深深地吸气，攒起所有的力气，在巨石下垫上你的精神，细细地吐气掀起一丝缝隙给你的心。

我不由自主地闭上了眼睛，期望跟上铃鼓的节奏，拽着它的尾音离开这般没命的难受。

我跟着铃鼓飘荡，去得好像越来越远，远得好像到了天边。

天边挨着广阔的大地，细碎的鼓声儿点开遍地鲜花，哗哗的铃声牵来绵绵的雨丝绣出碧青的甸子。

我终于呼出了长长的一口气——我有命了！

睁眼的瞬间，一个身影飘过我的身边。

那轻摆在腰际的乌黑发辫扎着耀眼的红头绳。

"他还能回来吗？"许文莲的发辫因为仰脸悬在铃鼓阵阵却忽然万分寂静的空气里。

"他从来都不是这儿的——从来不是！只不过在高高飞翔的那个春天，不幸跌落了！不幸？——万物几多有幸？草有不甘黄？虫有不甘僵？来这世上就已万幸！还活着就更是！"

铃鼓声细小得像是窃窃私语。

突然，几道绿色飞蛇似的蹿起来，扎往台子上伸向许文莲的那顶神帽。太平鼓陡然间迸发出碎金崩石般的骤响。

骤响之间，神衣上缤纷的色彩开始变幻莫测地飞荡，腰铃声如疾风又瞬间化作暴雨，连鼓隆隆如雷翻滚于虎在啸、豹在吼、野猪在嚎叫的原野上！

神帽下，一圈儿飘飘飞飞的白发，半掩着一张素白而苍老的脸。那脸上幻化非常的表情使我不敢相信这是平日慈眉善目的老卢太姥。铃鼓声里她驱赶着野兽，也被野兽威胁。踏着鼓舞的脚步，她好像终于把野兽都圈了起来，并挥舞着鼓鞭要赶着它们去一处遥远的所在……鼓鞭在半空挥出了一个半圆，她就慢慢地在一片落花般的腰铃声里倒下了。

静了，到处都很静。

静了好一会儿的台下，忽然像炸了锅一样。

于老师跑着跳上台子，扶起老卢太姥大叫："姨奶！姨奶呀——"

可是，老卢太姥没有回应，鼓鞭也从她的手里滑落了。

"削！削这帮无法无天的兔崽子！"人群里，鼓起的一团愤恨像蜂群，就要刺向马萧萧他们。

"都不准动！乡亲们！有得过我姨奶济的，就想着别让她走得不清静！"于老师红着眼睛大喊。

我咬着嘴唇不让自己哭出声来，我想让老卢太姥走得清静。

"好！你个老妹妹！你就这么早我一步了——"我太姥的手抖抖的，小红葫芦滚到了炕角。

我梅姨就此没了奶水，小雪儿夜夜不停的哭声丝般纤弱，却锥子般扎人。

我家的烟囱开始时时地冒烟，我和小莺已经学会了给雪儿熬浓浓的米汤，还有给太姥和梅姨在炉子上煎药。

我的小学三年级就这样念完了。

又开始下雪。

我妈从仓房拿了甜菜回来，说："熬一罐儿糖水，放米汤里用的。小燕儿，你出去多抱些柴火回来。"

和院门一路之隔的柴火垛高得像个碉堡。我举着耙子使劲儿地刨着，一把一把的柴草落在脚面上，干草贮藏在一叶一茎间的秋天的气息随之飘散，一阵奇怪的声响也唰唰地从身后传来。

我举着耙子回过头：一大群狗低着脑袋带着一团奇异的热气无声地跑着！可眨眼儿的工夫，雪地上就连它们黑色的影子也不见了。我搂抱起柴草，柴尖儿在风里划过脸颊引起一阵刺疼。我急忙扔下柴草，却感觉到从风里传来了一片惊恐。我手心发凉地抓起耙子，拢了拢散在脚边的柴草，急急忙忙地又抱起来，连跑带颠地进了院子。

含着惊恐的风终于被我挡在了家门外。

星星似有似无的天空和大地混合地黑在一起，盖着了无灯光的村子。雪无声地下着，风竟然也无声。

冬季，进了数九寒天。

清早，我妈拍着我的脑门把我叫醒。

我帮着我妈一起使劲儿才慢慢地推开了房门——眼前是茫茫的白色世界！

雪厚得能没过我的膝盖，在刚刚升起的阳光下闪着一片碎碎的亮色。

"呜哇——呜呜哇——"

突然，喇叭响了一声！像沿着漫天的雪面滑行的光线，四面八方地散开，还渐渐地刺目起来。我的心被这高扬又哀伤的强光刺得钻心地痛。

"妈，今天要埋老卢太姥是吗？"

我妈默默地点点头,说:"一会儿,我去送她。"

屋里,小雪儿又哭了。我捧起刚熬好的米汤奔进去。

我梅姨头上扎着她的红头巾,环着双臂正摇着怀里的小雪儿。

我太姥已经穿戴齐整地坐起来了。她穿着那件芙蓉团花图案的青色大袍。袍衣的前大襟上别着她仅剩在这件衣服上的那件小饰物:一条镶了景泰蓝边的小银船。

我从来也没能分清那摇橹的两个小人儿是男还是女。

小雪儿终于不哭了。

家里冷清和忙碌到不用放桌子吃早饭了。

我太姥挪着身子走到门口,伸手抓了屋外窗台上的一把雪,慢慢地说:"风风火火的性子,你也别扯着大脚走得那么快!忘了我是小脚儿,撵起来,费劲不是吗!"

我妈和我搀扶着她回到屋里。

我太姥指着枕头边上的白布包袱:"替我给她捎去。"我妈摸摸光光的炕席,看看包袱角里露出来的大棉垫子。

"奶——我这儿还有十块钱……"

"她还花这钱吗?"轻声说完这句话,我太姥抬起抖抖的胳膊,摘下大襟儿前的小银船,塞进包裹。长长的一声喘息后,我听见她越来越低的一声:"还没处够呢——"

这是河南村最罕见的一场送殡。

出了卢家的大门,喇叭就不再响了。因为大队领导说,在家里吹吹,算是卢喜辰平时有这个爱好今天又鼓捣了一下子。出了家门还吹,往小了说是违背移风易俗的号召,往大了说,还不好说了呢!人们可都知道卢佟氏活着的时候是干啥的,又是怎么死的。

满院子的人和雪地一样沉默。

于老师咬着牙,肩起一杠。

一溜儿站在棺木近旁的男人抓起了杠子,踢翻了脚边的雪。

"起!"除了于老师这一声吼,河南村的天地间只剩下了踩在雪上的脚步声。

不能落地的棺木,在雪地里换了一双又一双肩膀。越来越多送葬的人走到前头,去蹚出一条好走一些的雪路。

这一路,没有哭声,只有眼泪。

到了墓地近旁,人们看到积雪的墓穴和方圆百尺已经被清理得干干净净了。草灰均匀地撒着,在寒天里弥漫着透出暖气的人间烟火。

卢喜辰跪倒在地上终于大哭:"乡亲们!冰天雪地赶来,十里八村的都有,我卢家都不能给你们一口热饭——"

"说这个!你不知道有多少小命儿是你奶给接来的!"我七爷瞪一眼卢喜辰。

"看见没?天上没道儿,人心有眼儿!"我七爷指一指地上。人们发现,来时路旁的不远处,笤帚扫过的印迹盖住了大小不等的两行脚印。

这人不愿意大家知道她是谁,可是大家都能想到:丁彩云。

以往这样的日子,刘婶会去帮人家唱唱大悲调,得些赏钱的。

可是，今天人们没有看见她，还有她的影子大芒。

当年，年轻俊俏的丁彩云能嫁给有名的穷光棍刘财，无论如何都让村里人惊奇。当怎么宽大的衣襟也掩不住她飞快显出来的双身板儿时，人们惊奇的眼光就变成了鄙视，只有已被叫了"神婆子"的老卢太姥眼里流露的是关切和怜惜。当她估摸好的日子到来的时候，刘家并没有人来请她去接生，于是，她自己钻进了刘家的小屋。看到的却是大白天还在炕上呼呼大睡的刘财。

"你媳妇呢？"

"不是、不是摘豆角子去了吗？"

"哪儿摘豆角子去啦？"

"南岗自留地呀！"

于是，一个土埋半截儿的孩子被抱回了村子。她当着刘财和他媳妇的面，给孩子取了名字，叫大芒，说："芒，在早先说的满族老话里是难也是刚强、贵重的意思。"

大地变成了茫茫雪原。

茫茫雪原接着铅灰色的天空，只有卢佟氏的墓地这块小小的地方展现着厚土浓重的黑色，和这片人群的色调一样。

"你看！"许文莲指着远处，声音颤抖着，"再也回不到今年的夏秋时节了！树叶四处飘没，树疙瘩也都被雪埋上了。郎老师，他回不来了——"

远处的林带苍色卧龙般伏在雪原中，望得久了，只觉得它是在天上云间。

"谁说的?"

"我梦见了——"

我呼出长长的一口气。哈气刚刚还飘着,转眼就像被冻没了一样。

"说不定郭校长已经和郎老师在回村的路上了,要不然,就是被这大雪给隔住了。"

许文莲的脸色像敷了层雪:"我好像听见狼叫了,他们半道上不会碰到狼吧?"

"肯定不会!就是碰到了,狼也不会掏郎老师的,他们是亲戚。"

"你说啥呢?"许文莲冰冷的手捂到我的嘴上。

我忽然又感到了昨天晚上从我身边飘过去的那团奇异的热气。现在想来,那一群狗似的东西实在不应该是狗。

"天哪——那我看见的是狼!"我一声惊叫。

许文莲一下子拽住摇摇晃晃的我:"啥时候?"

"昨天晚上,我出去抱柴火——"惶恐,开始战战兢兢地印进我踩在雪地上的脚印里。

村口,出去修水利的人回来了,他们紧赶慢赶也没有赶上给老卢太姥送葬。

一辆南堡村的手扶拖拉机里头,大丫扶着我二舅下了车,先下来的我老姨怀里抱着一副木头拐杖。

"姥爷!"我扑过去。这些天来积了满腔子的七滋八味,都化作眼泪涌了出来。

我姥爷攥住我的手:"燕儿,不哭。咱们家去了——"

泪眼里的景物和人都是模糊的。等我用袄袖子擦干了眼泪,一个深刻的影像就永久地留在了我的心间:我二舅的两条胳膊,一左一右地搭在大丫和我老姨的肩头,她俩用双拐拼成的架子抬着他进了院儿,我二舅的双腿在还没有来得及清扫的雪上,飞机拉线一样地留下了一条直直的长线。

我记不得我太姥是想起啥事来了说的这话:"啥叫好夫妻呀?等到都把跟前的这个人当一起长大的一奶同胞了,不计你多干点儿,她少干点儿,不计你多花点儿,他少花点儿,能原谅兄弟姐妹的事也能原谅跟前的这个人,能给兄弟姐妹做的事也能给跟前的这个人做,就是修成了!"

大雪啊,我二舅和大丫算是修成了吗?

起风了。寒风拂过脸颊。我转转头,望望远处。

大雪被寒风吹去的墙头、柴垛、屋顶又露出了本来的模样,只是它们都显出了无尽的冷硬,来对抗冬天的酷寒。

(三)

夜里,风啸阵阵,恣意地抖着凛凛冬雪,侵袭着人们本来就已经蜷曲起来的身躯包裹着的心。

风啸里,一股令人惊惧的气息游神似的进了村子。

我七奶说:"让人激灵一下子!"

我七爷家后起的房子在村子最东头。园子的后墙借了社里羊圈的大墙。我很愿意从我七爷家这边爬上宽宽的大墙,在那上面摆墙头。伸开双臂,踮出脚尖儿,一步又一步,既眼亮又惊心。要是有足够的胆量敢于跑起来,那就更好玩了。可是,我一直是有心没胆儿的,吊着眼角瞄一下左边,要是掉进两人多深的羊圈,嘿——我可不想!

我七奶接着说:"裹在风里,那奇怪的动静不一会儿又没了!但我好像是闻到了血气——"

"那你咋不喊?"我七爷气呼呼的。

"我咋能想到这呢!"

是的,没有人能想到——狼群来了。

羊圈里,幸存的羊们挤在一角,咩咩地哀叫着,平日里黑白分明的眼睛映着身边血色的鲜红。

死羊们残缺不全的尸体一个个僵硬在羊圈的各处,从那只还完整的脑袋上可以看出它们大多是没有犄角的小羊或母羊。

半群羊都死了!可是它们只只大张的眼睛里,惊恐的神韵却活泛地流露着,一直流到人们的心里。

死羊都被拉到了队里场院。

有人在挨家通知:"快去,分羊肉了,一家一户一人一斤。"

场院成了这个冬天三九以来最聚人的地方。

冻得跺着脚等着拿肉的人们,传着一个消息:马萧萧在公社宣传队干得好，要进公社当广播员去了。今天回集体户来拿东西，刚才去大队办手续。顺便告诉说，郭校长在公社被批评了，郎老师上完学习班得回劳改队去重新劳改。

许文莲颤颤抖抖地拉住我的手："我不领羊肉了。"

"等一会儿吧！我得领啊，我梅姨这几天吃草药才下点儿奶，我太姥还让我得多要几个羊尾巴回去——"

"我实在看不下去了，心里难受——"

"哎！那咋办？"

"我、我回去了。"

我只得看着许文莲转身走了。

晚上，我吃不下一口热气腾腾的羊肉包子，心口被什么东西塞堵着似的又胀又疼，眼里还转着时时要淌下来的眼泪。

我太姥拍着我的手："好孩子！你一点点地长大，慢慢地品。草木一秋，人生一世，所有的活物都一样一样的。羊吃草，人吃羊，人死了埋在土里也会慢慢地变成能从土中长出来的草。地上万物就是这样轮回地转着，一轮又一轮，只要明白自个儿也是在这个轮回里的，不怕死，不怨生，就不用为草黄发愁，也不用为狼吃羊伤心。到太姥死的那一天，小燕儿，你不要难过。太姥这辈子，风霜雨雪阴晴圆缺都挨遍了，酸甜苦辣喜怒哀乐啥滋味也都尝了，人活一辈子走到头就是这样，还有啥让活着的人难过的呢？没有啦！"

"兰芝啊——开门啊——"

一个很生的喊声，连着拽门的响动让我不安地爬下炕。

是我七奶。她是村里很少出家门的女人。

"文莲儿在这儿不？"

我妈把我七奶拉进屋："快暖和暖和！文莲今天没来过呀！"

"这孩子，到这时候还没回家，这是上哪儿去了呢？和小燕儿一块儿从羊圈那儿去的场院。这几天和我生气，我还以为和小燕儿上这来了呢。肉也没拿回去，她大还说文莲懂事，你这儿有好几口儿要照应的——"我七奶已经是满脸的急切了。

"天都这么黑了，文莲能在谁家呢？小燕儿，你啥时候和你小姑分开的？她说上哪儿了吗？"

我把头摇得和拨浪鼓一样快："傍中午要分羊肉那会儿，我小姑说她不领羊肉了，看不下去心里难受，就走了……"

我七奶和我妈对望了一眼。

"这丫头哇——可咋整啊！"我七奶颤声叹道。

"小燕儿啊，快去叫你老姨，咱们得出去找你小姑。我和你七奶前街，你和你老姨后街。凡是估摸着你小姑可能去的人家都敲门问，啊——拿上电棒！"

村里人家的灯，越来越多地亮了起来。敲过了沾亲带故的人家，出来帮着找的人，已经遍布了河南河北两村。

可是，没有。

人们的心情明显不安了。知道了有和我七奶生气的缘由，村里能待人的地方也都找遍了。

我反反复复地回答一个问题:"傍中午要分羊肉那会儿,我小姑说她不领羊肉了,看不下去心里难受,就走了……"

"你就没问问,她要上哪儿去?"焦急起来的语气,接上这样的问话,让我恨不得打自个儿无数嘴巴子,"你平时的爱巴巴劲儿干啥使了?"

我忽然想到一个地方:"七奶!还有一个地方咱们没去!"

"哪儿?"几乎是众口一词。

"能吗?"我七奶的脸庞在马灯昏黄的光下一阵扭曲,声音飘忽得像大风里的片片鹅毛雪。

"快走啊!"我拼命地往前跑,眼看着我小姑许文莲冻僵的身子歪倒在小炕上、小炕下、椅子上、椅子下……后面踢里踏拉的脚步声和着夜风一起推着我,在这残雪的夜里。

要不是有雪光,铁匠铺一定是和冬天的颜色混合得毫无缝隙。

"就是,咋没想起这儿来!"大青子把手电举起来,照向教室。

我在一束光柱散出来的余光里,跑向郎老师的小屋:"小姑——小姑哇!"

除了我的喊声,寒夜里顿时没有了任何声响。我惊怵地回过头,发现人们在离我一丈开外的地方都站住了,紧跟在我后面的大青子排头兵一般凸在前头,像个木头人。

我噼噼啪啪地拍门:"小姑!小姑!"秋天,我七爷新做的这扇木门硬得像铁。

我的心忽然高高地悬了起来。跑了半夜,我总觉得许文莲是在一个什么地方等着我去找她的,只是这个地方让我一下子想不到,就像我们玩过的躲猫猫一样。

现在,这个我终于想到的地方却鸦雀无声!一路上许文莲弯弯的笑眼儿,哄孩子一样的"喵,我在这儿呢"的景象全都在心里消失了。

我一下子哭起来:"小姑,你到底在哪儿呢?"

郎老师的木门和家家户户的院子门一样,只是沉,没有锁。大青子的手电棒像个大眼睛,来来回回地盯着屋里的每寸地方。

没有人。

除了干干净净的炕面、灶台,就是地上的那张桌子和塞在桌子底下并排放着的两把椅子。

桌子上,那几本厚厚的《毛泽东选集》和字典依旧靠墙站立着。

"我小姑看的!"我扑到桌子上,拿起端端正正地放在桌面上的三个课本,那是四年级的《算术》和五年级的《算术》《语文》。

"真是你小姑的?"大青子问。

"咋不是?是郎老师给我小姑的!这书皮儿是我小姑包的,字儿也是我小姑写的!"我指着马粪纸的书皮儿,翻了一下。

一张田字格纸显在了圆圆的一圈儿光下,上面有我小姑写的字:

郎老师,我全都会了。

你和我爸爸一样,是好人!没罪!

"文莲啊——"随着一声撕心裂肺的痛哭,我七奶昏过去了。

一股摄人心魂的冷气从脚心锥子一般扎入,然后丝丝幽魂的气息一样在我的七窍里奔突,一只巨大的冰爪紧紧地抓着我,忽而把我抛起,然后接住,抓紧了,又抛……我总见眼前是白雪的荒原,许文莲穿着短袖的白上衣,像飞舞的白蝴蝶那样走走停停,停停走走,我赤着脚奔跑也撑不上她,只得赖赖唧唧地喊:"小姑!小姑——你就不能等我一会儿呀?"心里有时明白这不是哪天的游戏,于是追赶不上后的伤心让全身就像散了架一样疼痛。

等我从公社医院出来时,数九又过去了两个。

我趴在我爸爸宽厚的背上,上了我姥爷赶来的小毛驴车,等到进院子时,我无论如何不肯再让我爸爸背了。

腊八粥是我回到家的第一顿饭。

难见我太姥擦眼泪。她把别在衣襟上的布帕揸又掖回里面:"你爸回来得多及时,从阎王爷那儿抢回了你的小命儿!"

我妈抱抱我:"小燕儿长这么大没摊上过病,没想到这回肺炎得得这么重!"

"妈,我小姑回家了吗?"

"可能得些日子。听说,她爷爷奶奶,要留她在那儿过年——"我妈慢慢吞吞地说。

"哦——"我喘出一口长长的气息。

大夫说我的肺炎好了,可我怎么还觉得呼吸不畅快呢?

"外面太冷,这阵子就和太姥多在屋里猫着吧,等开春暖和了再外边跑去。"

我点点头,可还是忍不住满屋子乱蹿。

早出了满月的小雪儿皱巴巴的小红脸褪去了一层薄薄的浆皮,有了奶吃以后脸蛋很快长得粉白粉白地圆。小莺常常忍不住去摸她的脸蛋儿,点她的鼻子尖儿。

"梅姨,你能让我抱抱小妹妹吗?"

我梅姨托着小被子让小雪儿落在小莺的腿上。小莺摇着双腿当摇车,小雪儿就在她的腿上眼珠黑亮亮地东张西望。

西屋里,我二舅扒了一捆又一捆青麻,当了柴火的麻秆散发着一股奇特的气味弥漫在灶间,蒸出的黏豆包已经快把窗户台下的大红缸装满了。

我妈和我老姨也已经把年货置办回来了,所以我姥爷也有了写对联的大红纸。

我梅姨和我妈灵巧麻利地包着豆包,我爸帮她们揉大盆里的黄米面。

"永祥啊,户口的事到底咋样了?"

"奶,有眉目了,分居两地十年以上的夫妻今年给解决。"

"你们小燕儿赶年十二岁了!"

"看看,奶记性多好!这么大岁数一点儿不糊涂!"

"嘻!咋不糊涂!害你爹娘没享上媳妇孝敬,连儿子在家亲近的时候都少了。"

"家里不是还有我大哥、二哥他们嘛！"我爸笑笑，"我妈说了，这些年，他们一年四季的衣裤鞋袜都是兰芝给做的，他们挺满意。"

"这是你爹娘通情达理！缘分也就是这么有的呗。以后你们自己出去过了，我倒是啥也不用惦着。这头儿呢，你们也不用太分心了。大丫那孩子是好孩子，大青子也是憨厚孩子，农家的日子一勤二俭三齐心，这些，咱家人都不缺。"

"他们今年都能结婚啊？"

"你要是领兰芝她们走了，后脚贵文就结了。我要是有生之年也能看见重孙子，到你爷跟前还有啥对不住老张家的地方了？"我太姥笑道，眼角又闪出了眼泪。

"奶，那我这回过完年就带她们走吧，那边正好给了房子，老不住也怕再分给别人家。"我爸说。

我妈用手指捅捅我爸。

"那就说好了，过完年——过完这年，可就都是好事了！"

"就是！奶，我是预备党员了！"我老姨摇着头巾进来，红扑扑的脸上一团兴奋。

"欢迎啊，欢迎组织又有了新鲜血液！"我爸拍拍手。

我扳起手指头："我大舅、我二舅、我爸、我老姨，咱家有四个共产党员了。"

"还有你大爷、你大姨夫呢！"我妈小声告诉我。

我梅姨紧紧地攥着面团，噗噗地挤出豆包里的空气："二姐，我想好了，小雪儿你们带走吧！"

"董向前他们今天放假,这几天都回家过年去了。还让他去打听那人不?"我老姨问我梅姨。

"不打听了!"我梅姨又抓起一团面,包出来的是一个散了馅儿的花豆包。

过小年的前一天,我们家特别热闹。我二舅拄着单拐站在门口接待挚近的亲朋好友。今天,他和大丫订婚。

我二舅给大丫的彩礼是他在全县民兵大比武时得的奖章。小丫问:"是金子的呀?这么亮。"

"啥金子?我都验过了,铁的!咱家的吸铁石都能吸过来!"大丫妈白着眼睛说。

大丫一副不高兴的样子抢过奖章,装进红大绒面的小盒子:"不给你们看了!铁的咋的了?全县第一有几个?不就这一个吗?"

"我看你是真不知羞臊了。"大丫妈在自个儿的脸颊上恨恨地划拉了几下子。

"再说我,我告诉贵文不给您养老!"

"那贵文不是这种人!"

"这不结了!我和贵文商量好了,等咱家和刘财家换换房子,以后咱们套个大院子……"

"和他家换!他家那叫房子吗?我不干!"

"不干拉倒!还省了给你盖新房子的钱呢!"

"那我再考虑考虑吧。"

"哼,别烤煳巴了才返过味儿来!"大丫欢欢喜喜地拉起我的手,推一把我老姨:"走,领我上婆家!"

"我也去!"小丫连忙下炕穿鞋。

"你去干啥?回去!咱家这头儿今天是你三姨两口子代表我出面。"大丫妈把小丫推了回去,自己也坐在炕沿儿上一动不动的。

"大姨!我奶叫你和小丫都过去呢!以后就是一家人了,咱没那么些老掉牙的讲究不好吗?我二哥一早要来请你,无奈还有一只拐扔不了。得!咱这不叫妈亲的看样儿是没面子——"我老姨心急火燎地说着。

"不去拉倒!咱们走!"大丫生气地瞪一眼,"小丫!你去不?去就跟着——"

"那咱妈咋办?"小丫坐到她妈身边。

"这没良心的!这没良心的!"大丫妈说着,擦了一把眼泪。

"还是让我太姥自个儿来请吧!咱俩说话不中用!"我看着大丫妈,觉得没啥办法。

"那好吧,咱赶紧回话去!"

"小打锣鬼儿们!给我站住!"大丫妈跳下炕沿儿,"我老杨婆子要嫁闺女是喜庆事,有啥不能抛头露面的?姑娘是我既当爹又当妈辛辛苦苦带大的,没有功劳我还有苦劳呢!站哪儿也不低人一等!"

"可不是!"我老姨说。

"要是得让你们老老太太来请我才过去,那我是啥人了!穿鞋,小丫——"

"赶紧——"大丫把鞋拎到她妈脚下。

"不过,兰芹,今天咱娘儿俩得先说道几句。人家你二姐要跟女婿走了,回头家里她当嫂子的,要是有不着不备之处,你这小姑子可要周全她。在你们家,也挺难的呢——凡事儿没婆婆帮着,有公公、祖婆婆,还有人家红梅娘儿俩要伺候……"

"大姨,咱一个村子住这些年了,你看俺家啥时候叽叽咯咯过?"

"那是没外人不是?"

"谁是外人啊?红梅和小雪儿啊?红梅要回老家了,小雪儿我二姐带走。再谁是外人?大丫是外人?打小一起长大的谁不知道谁的脾气?劳您瞎操心!大姨,我还向毛主席保证当她是我妹子,这中不?"

"有你这话,中!"

不少人家的门前被孩子堆了雪人。雪人大大的圆眼睛和弯弯上翘的嘴给每个路过他跟前的人一个欢快的笑脸。

"啪——啪——"两声炮仗炸响在冬天傍午的阳光下,闪出几点小小的金亮。

大姨耸耸鼻子,说:"啧啧,年味来了!今年过完年就立春——"

立春时的萝卜在土里埋了一冬后,消去了辛辣和艮劲儿,咬上去脆甜脆甜的。

蘸酱的萝卜块儿，带粉头的萝卜汤，两和面的猪肉萝卜馅包子，还有窗户台上已经开放的萝卜花。

节气，提点着日子进入了新的岁月。

走之前，我是见不着我小姑许文莲的面了，那我得把新头绳给她送家去。

"咱俩一块出去吧。"我妈拉着我，手里卷着一本书。

"您都看完啦？"

"哪顾上看了，才看到一半儿！"

"有意思吗？"

"有。"

"那先别还不行吗？我还一眼没看呢！"

"得还。"走在傍晚人影斜斜的路上，我妈给我系紧了头巾。

"嫂子——"到了于老师家门口，我妈领我进了院子，很轻地叩了叩门。

出来的是于老师。

"你们咋来了？我正要上你们那儿去呢！你嫂子回娘家了，我这晚饭才吃上。进屋吧！"

"不进去了，给你！"我妈双手递给他那本书面还是崭新的《金光大道》。

于老师慢慢地接过书："再啥时候能回来呢？"

"有机会就回家来。"

"那么容易呢？好几千里呢！"

"永祥说，那地方离家不远的街上就有一家书店，等我给你邮书，我知道你愿意看啥样的。"

"敢情好了！也顺便写几句话，有事儿没事儿的，都别让人惦着。"

"那我们走了。"

"我明天送你们去！"

"不用了，得起大早呢！"

"我知道！我这就送你们回家。"

"先不回家，我得给我小姑送头绳去。"我告诉于老师。

于老师把书放在锅台上，拉拉我的头巾："天这么冷，也要黑了，明天你们上路肯定还有不少事呢。头绳，我替你交给许文莲好吗？我一定把你的心意告诉她！我是不是能比你七爷七奶说得更让许文莲高兴？"

我慢慢地掏出衣袋里的小纸包："于老师你告诉我小姑，我到了就给她写信。我爸说，我妈和我到那儿以后就都没时间梳辫子了，得剪成'五号头'。但长头发可以卖钱，我要买两支钢笔，给我小姑邮一支……"

于老师把小纸包放在书上："胡燕，信和钢笔我都先替你小姑收着，等你到那儿了，新学期也要开始了。我听你爸说那里是秋季入学制，咱们这里是春季开始新学期的。我和你爸说了，你不用蹲级，去了就上四年级的下学期你也能撵上，慢慢还能冒出尖儿来。就是得再用功点儿，还要多结识新同学新伙伴，毕竟你以后每天都要和他们在一起了,心里想着我们就可以,信可以少写。就是不写,我们也知道你心里想着许文莲和我们这里的老师、同学呢!"

我太姥轻轻地搭在我额头上的手指让我醒了。

我太姥指指窗户,挂满窗花的玻璃已经有了微微的亮色。我慢慢地穿上我太姥在她褥子底下给我焐热的棉袄棉裤。

冬天的阳光照在马车的麻帘棚子上,棚子里除了昨夜睡觉盖的棉被,还有我太姥那个带通气盖子的红泥火盆。

我二舅穿着翻毛的羊皮大衣,脚蹬棉乌拉,扎着黑腰带,挂着单拐到了车前头,他偏腿上车抱着大鞭子坐在车把式的位置上。

"时候早着呢,你慢慢赶,啊!"我姥爷又嘱咐了一遍。

"小燕儿——"小丫跺着脚跑进院门,喊着,"妈!您快点儿——"

大丫妈把篮子递到车上:"道上的吃货儿——"

在我去年穿的小棉猴里,小雪儿在梦里和我梅姨一起上了车,接着是小莺和我妈、我,最后是我爸。

马儿嘚嘚地开步了,我在我爸身后站起来。

东方的晨光里,我姥爷那顶戴了很多年的帽子、于老师挥向我们的双手、我七爷七奶一样花白的鬓发、刘婶淌在腮边的眼泪、大青子和四青子通红的脸颊、小丫到她妈肩头的身量……都定在了我的心里。还有,窗花融化的那个透明的圆圈儿里,我太姥的目光……我老姨挽着大丫的胳膊,一声哭泣像攀着路边树梢的风,遥遥地追上来:"二姐——"

"驾!"一声长鞭的脆响爆在半空,转眼间马车颠颠簸簸地过了小桥。

炊烟里的河南村,离我越来越远了。小学校、教室、篮球架子和那上面吊着的破犁铧,也离我越来越远了。

料峭的又一个春天的风,离我越来越近了。

春风里的寒气透过了棉被,也慢慢地透过了棉衣。我和小莺把脚放在火盆盖儿上,脚趾还是木木的。

我妈和我梅姨轮流抱着小雪儿。她们把小雪儿裹在里三层外三层的被子里,紧紧地搂在怀中。

太阳越来越高了。大路上,树尖儿一点儿一点儿矮回了林带。田地里的积雪不知何时竟渐渐消融了,黑黑的垄台儿,白白的垄沟,组成无数黑白相间的线条铺展得平阔而辽远。不疾不徐的风刮着,刮着……眼望闪在车后的长长的林带,已然冒出了淡淡的灰绿。

到了镇上,我爸先去商店,给小雪儿买了奶瓶子和奶粉。

"绿房子,绿房子!"小莺指着不会动的站房。

"咦!这么长的绿房子!"小莺又指着会动的列车。

"爸,火车是往哪个方向开呢?"我问。

"西南!咱家在东北方向上。出了吉林先是到辽宁,然后出山海关,到北京。从北京再坐火车,途经太原、西安这些省会城市,两天后，就到成都了。四川盆地，这时节金黄的油菜花已经开满地了……"

我们刚上车时，跟车上的服务员要了开水给小雪儿冲泡奶粉，等喂给小雪儿吃时，她稍微犹豫了一下，就大口地吸了起来。我妈松了一口气："行，她吃奶粉就好办多了。"

晃晃悠悠的火车像个巨大的摇车儿，小雪儿睡得很香甜。

我梅姨紧紧地抱着小雪儿，又慢慢地揭开衣襟，给她喂奶。

自从上了火车，我梅姨就不停地给小雪儿喂奶，弄得小雪儿在睡梦里吭吭唧唧地直晃脑袋。

"姐夫，这是到哪儿啦？快到锦州了吗？"

"没有！才过四平。到锦州得是明天一早。"

窗外，终于黑乎乎的了。黑得不见月光和星光的夜晚，就像无边的黑洞，让人想早点儿钻出去。

我借着隆隆飞奔的火车，想要快些到达一个新的白天。

当太阳的光线照到我趴在小桌子上的脑袋时，我伸出去的手指缝儿里，透过来的是红彤彤的光亮。

红红的光亮下，我看见的是我梅姨抱着小雪儿正在走向车门口。车站的喇叭高声说："各位乘客，锦州车站到了。列车在锦州车站停车三分钟！请各位旅客抓紧时间上下车。各位送亲友的同志……"

对面座位上，小莺在放躺着睡觉。

"爸——妈——"

"别喊！他们送那姑娘下车哪！也真是的，临到家又变卦了！"邻座的一个大娘指指我梅姨的背影。

"嘻！也真是的，自己都有俩孩子了，还非得要人家的干啥呀！"那个大娘搓搓脸，"这一宿，就听他们磨叽了。"

"这儿有人吗？"来了新上车的人。

"有！好几个呢！"我直着嗓子大声喝道。

"这小丫头，有就有呗！"那人拎包往前走了。

我脑门儿顶着冰冷的车窗，看见妈妈正把背包挎在我梅姨的身后，连着小雪儿一块儿紧紧地抱着。

火车又开始了行进，就像每天不停的日子。

闪过廊柱，闪过房屋，闪过路人，闪过树木……似乎有风，因为树枝在摇动。摇动着的每一棵树，枝杈间都漫着青绿。

风吹过又一个春天了。我心里装着的人啊，都在这个春天里，想什么、做什么呢？

图书在版编目(CIP)数据

风吹过春夏秋冬 / 张砚春著. —杭州：浙江文艺出版社, 2017.6
 ISBN 978-7-5339-4884-9

Ⅰ.①风… Ⅱ.①张… Ⅲ.①长篇小说—中国—当代 Ⅳ.①I247.5

中国版本图书馆CIP数据核字(2017)第109287号

责任编辑　徐　旼
装帧设计　7拾3号工作室
责任校对　许红梅
责任印刷　朱毅平

风吹过春夏秋冬
张砚春　著

出版　浙江文艺出版社
地址　杭州市体育场路347号
邮编　310006
网址　http://www.zjwycbs.cn
经销　浙江省新华书店集团有限公司
制版　浙江立飞图文制作有限公司
印刷　浙江新华数码印务有限公司
开本　880毫米×1230毫米　1/32
字数　121千字
印张　6.125
插页　1
版次　2017年6月第1版　2017年6月第1次印刷
书号　ISBN 978-7-5339-4884-9
定价　32.00元

版权所有　违者必究

(如有印、装质量问题，请寄承印单位调换)